KB194697

느리게
가는
마음

느리게 가는 마음

초판 1쇄 발행 • 2025년 2월 25일

지은이 / 윤성희
펴낸이 / 염종선
책임편집 / 박지영
조판 / 박지현
펴낸곳 / (주)창비
등록 / 1986년 8월 5일 제85호
주소 / 10881 경기도 파주시 회동길 184
전화 / 031-955-3333
팩시밀리 / 영업 031-955-3399 · 편집 031-955-3400
홈페이지 / www.changbi.com
전자우편 / lit@changbi.com

느리게
가는
마음

윤성희 소설집

차례

마법사들

1

나는 공중 부양을 한 적이 있다. 그것도 두번이나. 길을 걷다 맨홀 뚜껑만 봐도 무서워 울던 어린아이였을 때였다. 그곳이 어디인지는 모르겠다. 풍선을 파는 트럭이 있었다. 트럭에는 슬러시 기계도 있었는데, 나는 파란색과 노란색 음료가 뱅글뱅글 돌아가는 것을 넋 놓고 보았다. 어머니가 "풍선 사줄까?" 하고 물었다. 나는 고개를 끄떡였다. 풍선가게 아저씨가 풍선을 건네주면서 말했다. "꼭 잡아. 놓치면 하늘로 날아간다." 어머니가 풍선이 날아가지 않도록 내 팔목에 줄을 묶었다. 바람이 불었고, 풍선이 흔들렸고, 어느새 줄이 스르르 풀렸다. 풍선이 날아가자 나는 울었다. "안녕, 잘 가." 어머니가 하늘을 향해 손을 흔들며 말했다. 나도 어머니를 따라 풍선을 향해 두 손을 흔들었다. 그 순간이었다. 내 몸이 공중으로 떠오른 것은. 누군가 내 몸속에 바람을 불어 넣은 것 같았다. 나는 부풀어올랐고, 풍선은 멀리 날아갔다. 초등학교 2학년 여름방학 때 어머니가 교통사고로 돌아가셨다. 사고를 낸 사람은 아버지 차를 몰래 끌고 나온 고등학생이었다. 어머니가 중환자실에서 사경을 헤매는 동안 나는 구구단을 외웠다. 퇴원을 하면 8단과 9단을 외웠다고 자랑을 할 생각이었다. 어머니가 돌아가시고 나는 매일 똑같은 음식만 먹었다. 참치김치볶음밥. 아버지는 그것밖에 할 줄 모르는 사람처럼 매일 참치김치볶음밥만 했다. 그러던 어느 날, 새벽에 오줌이 마려워 일어났다가 나는 안방에서 들려오는 소리를 들었다. "민호 운동화 좀 사줘." "다음 주에." 아버지가 누군가와 이야기를 하고 있었다. 나는 열린 문틈으로 방 안을 들여다보았다. 아버지가 침대에 앉아 있었다. "근데 당신이 생일 선물로 사준 셔츠 어디 있지?" "그거? 옷장 안에 있겠지. 뒤져봐." 아버지가 혼자 묻고 혼자 대답을 했다. 나는 두 눈을 비볐다. 아버지 옆에는 아무도 없었다. 열린 창으로 바람이 불어왔고 커튼이 흔들렸다. 나는 커튼 뒤에 누군가 숨어 있는 상상을 했다. 으스스. 동굴 탐험을 떠난 아이들이 나오는 동화책을 읽은 적이 있는데, 거기에 그 단어가 있었다. 으스스. 나도 모르게 그 말이 불쑥 떠올랐다. 그러자 몸이 가벼워졌다. 고개를 숙여 아래를 보니 발바닥이 공중에 떠 있었다. "아, 맞다. 세탁소." 아버지가 손뼉을 치며 말했다. 뭔가 생각날 때마다 손뼉을 치며 말하는 건 어머니의 버릇이었다. "내일 봐." 아버지가 말했다. "응, 내일 봐." 아버지가 대답하고 침대에 누웠다. "잘 자, 엄마." 나는 잠든 아버지를 보고 중얼거렸다. 공중에 뜬 몸은 바닥으로 내려오지 않았다. 나는 엄지발가락에 힘을 주었다. 심호흡을 하며 천천히 열을 세자 발가락 끝이 겨우 바닥에 닿았다. 까치발을 하고 살금살금 걸어 내 방으로 돌아왔다. 다음 날 아침, 어찌된 일인지 뒤꿈치가 바닥으로 내려오지 않았다. 까치발을 하고 식탁까지 걸어간 나는 아버지에게 말했다. 참치김치볶음밥을 그만 먹고 싶다고. 그랬더니 아버지가 말했다. "미안, 오늘이 마지막이야. 엄마가 담근 김치가 이제 바닥났거든." 아버지는 내가 까치발로 걷는다는 사실을 몇년이 지나도록 알아차리지 못했다.

2

오늘 급식은 돈가스와 미역국과 깍두기였다. 다 내가 좋아하는 거라 밥을 가득 펐다. 성규가 알면 또 잔소리를 하겠지. 점심을 먹고 이를 닦은 다음 운동장에 가보니 성규가 먼저 걷고 있었다. 성규 옆으로 가서 따라 걸었다. "칙, 칙, 폭, 폭, 잊지 말라고 했지?" 성규가 말했다. 칙칙폭폭은 성규가 나를 위해 만들어준 구호였다. 두번 숨을 내쉬고 두번 숨을 들이마시고. 그렇게 숨을 쉬며 걷기만 해도 살이 빠진다고 성규는 말했다. "다시 한번 해보자. 칙칙." 성규의 말에 나는 숨을 내쉬며 두걸음 걸었다. "폭폭." 이번에는 깊게 들이마시며 두걸음을 걸었다. 점심시간마다 성규가 시키는 대로 걸었지만 살이 조금도 빠지지 않았다. 그때마다 녀석은 말했다. 자기 덕분에 더 찌지 않는 거라고. "오늘 민호는 얌전했어?" 성규가 물었다. "오늘 결석. 장염이래. 어제도 화장실 들락거리다가 조퇴했거든." 내 말에 성규가 웃었다. "쌤통이다. 사흘 내내 설사나 했으면." 나와 이름이 같은 민호는 급식 시간마다 나를 괴롭혔다. "그 애를 작은민호라고 부른 게 잘못이었어." 내가 말했다. 중학교 2학년 때 나와 민호는 같은 반에서 만났다. 담임 선생님은 우리를 '큰민호' '작은민호'라고 불렀다. 문제는 작은민호는 너무 말랐고 큰민호는 너무 뚱뚱하다는 거였다. 반 아이들은 우리 둘을 여러가지 이름으로 불렀다. 홀쭉이와 뚱뚱이. 꼬맹이와 덩치. 반근과 열근. 심지어 젓가락과 숟가락으로 부르는 아이들도 있었다. 3학년이 되면서 반이 달라져 괜찮았다가 고등학교에 와서 다시 같은 반이 되었다. "그래서 그 애가 나를 괴롭히는 거야. 나를 미워하지 않으면 세트가 되니까." 내 말에 성규가 휘파람을 불었다. 성규는 대답하기 곤란한 말을 들으면 그렇게 휘파람을 불었다. 운동장을 한바퀴 돌자 겨드랑이에서 땀이 나는 게 느껴졌다. 우리는 말없이 두번 숨을 내뱉고 두번 숨을 들이마시며 운동장을 걸었다. 그러다 불쑥 성규가 말했다. "오늘 그거 사용할 거야. 생일 쿠폰." 내가 무슨 말인지 몰라 어리둥절해하자 성규가 설명을 했다. "네 생일에 내가 소원 들어준 적 있잖아. 잊었어? 그때 네가 약속했어. 내 소원도 들어주겠다고." 성규의 말을 들으니 생각이 났다. 초등학교 6학년 때였다. 학기 초에 성규가 전학을 왔다. 후드티 모자를 눈이 안 보일 정도로 뒤집어쓴 채. 며칠 후 학교에 이런 소문이

돌았다. 예전 학교에서 모자를 억지로 벗긴 선생님이 있었다고. 화가 난 성규가 교실 책상을 다 집어던졌다고. 그러니 살고 싶으면 모자는 건드리지 말라고. 그 소문 때문인지 아무도 성규에게 왜 그러고 다니느냐고 묻지 않았다. 내가 다니던 초등학교에는 부설 유치원이 있었다. 유치원 건물 뒤쪽에 작은 놀이터가 있었는데 다섯시에 가면 아무도 없었다. 수다를 떨고 싶은 날이면 나는 거기에 가서 혼자 시소를 탔다. 시소 맞은편에 누군가 있다고 생각하면 속에 있던 말들이 밖으로 술술 나왔다. 내 생일날도 시소를 타며 그렇게 혼잣말을 하고 있는데 등 뒤에서 누군가 말을 걸었다. 너 수다쟁이구나, 하고. 뒤돌아보니 전학생 성규였다. 성규가 시소 반대편에 앉았다. 그러더니 끝말잇기를 하자고 했다. 우리는 시소를 타며 끝말잇기를 했다. 그러다 성규가 생일이라는 단어를 말했고 그 말에 내가 오늘이 내 생일이야, 하고 고백했다. 성규가 생일 선물로 소원을 하나 들어주겠다고 말해서 나도 모르게 연을 날리고 싶다고 했다. 정말 연을 날리고 싶었던 것은 아니고 성규의 말에 뭐라 대답을 해야 좋을지 몰라 고개를 들고 하늘을 보았는데 연이 날고 있었다. 그날 연날리기를 하며 내가 성규에게 약속을 했다. 네 생일에도 소원 하나

들어줄게, 하고. 그걸 여태 안 잊었냐고 묻자 성규가 중요한 순간에 쓰려고 지금까지 아껴두었다고 대답했다. "그때 분명히 말했다. 뭐든지 들어준다고." "그래그래. 뭐든지." 성규의 말에 내가 건성으로 대답했다. 그리고 교실로 돌아가기 전에 매점에 들러 시원한 코코팜을 사 먹어야겠다는 생각을 했다. 코코팜 포도를 먹을지 코코팜 화이트를 먹을지 고민하는데 성규가 말했다. "오늘 가출할 거야. 너랑 같이." 그 말에 음료도 마시지 않았는데 사레가 들린 듯 기침이 나왔다. "뭘 한다고?" 내가 되묻자 성규가 씩 웃었다. 가출이라니. 내 소원은 겨우 연날리기였는데. 내가 엄청 손해 보는 기분이었다. "그런데 너 오늘 진짜 생일이야? 쿠폰은 생일에만 쓸 수 있어." 내 말에 성규가 어깨동무를 하고 말했다. "그래서 오늘 급식에 미역국이 나왔잖아."

5교시는 체육이었다. "먼저 사과부터 한다." 체육 선생님이 교실 문을 열자마자 말했다. 웅성거리던 교실이 순간 조용해졌다. 선생님이 교탁 앞으로 걸어오더니 마저 말을 이었다. "너희도 알다시피 선생님이 얼마 전에 결혼을 했잖니." 그러면서 선생님은 결혼하고 처음으로 부부

싸움을 했다는 이야기를 우리에게 들려주었다. 싸움은 양말을 뒤집어 벗는 것에서 시작되었다. 그러다 이런저런 불만을 털어놓게 되었고 며칠 동안 서로 냉랭했다. "어떻게 화해를 해야 할지 모르겠더라고. 그러다 어제 분류 배출 날인 걸 알았어. 아내가 퇴근하기 전에 재활용 쓰레기를 버려야지, 그럼 아내가 좋아하겠지, 하고 생각했어." 선생님은 쓰레기를 버리고 돌아오는 길에 놀이터 벤치에 아내가 앉아 있는 걸 보았다. 아내는 배드민턴을 치는 아이들을 넋 놓고 구경하고 있었다. 선생님이 다가가도 알아차리지 못할 정도로. 아이들은 쌍둥이 형제였는데, 배드민턴을 잘 치지 못했다. 선생님이 아이들에게 다가가 몇가지 기본 동작을 가르쳐주었다. 그러자 배드민턴을 배워보라고 권하고 싶을 만큼 실력이 늘었다. 랠리가 열번 이상 이어지자 아내가 박수를 쳤다. "그때 알았어. 내 아내도 배드민턴을 치지 못한다는 걸. 암튼, 얼마 지나지 않아 아이들 부모님이 왔지. 그리고 서로 깜짝 놀랐어. 우리 부부랑 너무 똑같이 생겨서. 형제자매라고 해도 믿을 정도였다니까. 나중에 아이를 낳으면 저렇게 생긴 아이들이 태어나겠구나. 그것도 괜찮겠구나. 아내와 그런 대화를 하다가 화해를 했지. 그건 그렇고, 그래서 오늘 배드민턴을 치자." 선생님의 말에 몇몇 아이들이 소리를 질렀다. 원래 오늘은 자율학습을 하기로 했다. 우리 반이 체육대회에서 계주 일등을 한 덕분이었다. 일등 상품은 체육 수업을 한번 쉴 수 있는 '자율학습 쿠폰'이었고, 우리 반은 그걸 오늘 사용하기로 했다. 다음 주가 중간고사이기 때문이다. "그래서 아까 사과했잖아. 미안." 선생님이 두 손을 번쩍 들었다. "그런데, 부부 싸움이랑 오늘 배드민턴 치는 거랑 무슨 상관이에요?" 움직이길 싫어서 화장실 가는 것도 참다 방광염까지 걸린 적이 있는 현민이가 물었다. "나중에 사랑하는 사람하고 싸우면 배드민턴 치며 화해하라고." 선생님이 말했다. 아이들은 체육복으로 갈아입으면서 계속 투덜댔다. 하지만 막상 배드민턴을 치기 시작하자 모두들 선수처럼 열심히 경기를 했다. 선생님이 가장 길게 랠리를 한 조에게 아이스크림을 사준다고 해서였다. 6교시 국어 시간에 졸았다. 꾸벅꾸벅. 꿈속에서 나는 피에로가 되었다. 키가 아주 큰 피에로. 아이들이 내 앞에 줄을 섰고 나는 풍선을 불었다. 꾸벅. 풍선으로 강아지를 만들었다. 꾸벅. 해바라기를 만들었다. 꾸벅. 우는 아이에게 왕관을 만들어 씌워주었다. 꾸벅. 칼을 선물받은 아이가 내 가슴을 찔렀다. 나는 죽은 척을 했다. 꾸벅. 공중에 떠 있는 내가 조는 나를 바라보고 있다. 그러다 번쩍. 눈을 떠 보니 국어 선생님이 내 앞에 서 있었다. "세수하고 올까요?" 선생님이 뭐라고 하기 전에 내가 얼른 말했다. 그 말에 선생님이 웃었다. 세수를 하고 돌아오는 길에 성규 반을 슬쩍 들여다보았다. 하얀색 후드티 모자를 쓰고 있어서 금방 찾을 수 있었다. 꾸벅꾸벅. 성규도 졸고 있었다. 그래, 해준다, 가출. 나는 졸고 있는 성규를 보며 혼잣말을 했다.

3

가출을 한다는 녀석이 아무 계획도 없었다. 어딜 갈 건지 생각도 안 하고 가출을 하자는 게 말이 되느냐고 내가 투덜대자 성규가 그걸 알면 그건 가출이 아니라 여행이라고 했다. "그럼, 일단 은하철도 타고 생각해볼까?" 내가 말하자 성규가 고개를 끄떡였다. 은하철도는 우리가 99-9번 버스를 부르는 말이었다. 그 버스를 타려면 학교에서 십오분쯤 걸어가야 했다. 올 초에 조금 속상한 일이 있었다. 그래서 아주 매운 음식을 먹고 설사나 했으면 좋겠다고 농담을 했더니 성규가 매운 김치만두와 쫄면을 파는 가게를 찾아냈다. 우리는 만두와 쫄면을 먹었고, 먹을 때는 안 매운 것 같았는데 먹고 나서 십분 후쯤 혓바닥이 불타는 통증을 느꼈고, 그래서 바보처럼 혓바닥을 내밀고 가게 앞에 있는 버스 정류장에 멍하니 앉아 있었다. 그러다 99-9번 버스가 오는 걸 보았는데 뭐에 홀린 듯 버스를 탔다. 우리는 종점까지 갔다가 버스 회사 화장실에서 설사를 한 다음 돌아왔다. 아주 먼 곳을 다녀온 기분이 들었고, 그래서 그후로 종종 그 버스를 타고 종점까지 갔다가 되돌아오곤 했다. "오랜만이다." 버스를 타니 기사 아저씨가 말했다. 우리가 종점까지 가면 기사 휴게소 앞에 있는 자판기에서 공짜로 음료수를 뽑아주는 아저씨였다. 그러면서 늘 똑같은 잔소리를 했다. 방황은 해도 되는데 사고는 치지 말라고. 사십분쯤 달리자 버스는 시를 벗어났다. 승객들은 거의 다 내렸고 우리는 뒤쪽으로 자리를 옮겼다. 나는 맨 뒷자리 오른쪽. 성규는 맨 뒷자리 왼쪽. 거기가 우리 지정석이었다. 문 닫은 횟집이 보였다. 깨진 수족관이 가게 앞에 있었다. "바다 보러 가는 건 어떨까?" 내가 물었다. "싫어. 영화 보면 가출한 애들은 꼭 바다로 가더라. 진부해." 성규가 창밖을 보며 대답했다. 나는 진부한 건 다

이유가 있기 때문에 진부한 거라고 말해주려다 말았다. "그럼 만화카페 갈까?" "청소년은 열시까지야. 몰랐어?" "그럼 스터디카페라도." 내 말에 성규가 고개를 돌리고 나를 보았다. "미, 쳤, 어?" 성규가 눈을 동그랗게 뜨고 말했다. 문 닫은 횟집을 시작으로 도로 양쪽으로 망한 가게들이 보였다. 망한 중국집. 망한 철물점. 망한 분식집. 망한 미용실. 망한 가게 중에는 민호슈퍼와 성규네세탁소도 있었다. "일단 저기라도 가볼까?" 내가 말하자 성규가 하차벨을 눌렀다. 기사 아저씨가 큰 소리로 말했다. "너희 오늘은 종점까지 안 가?" 뭐라 대답할 말이 생각나지 않아 나는 다른 말을 했다. "오늘 성규 생일이에요." 그러자 버스정류장에 차를 세운 뒤 아저씨가 뒤돌아 우리를 보며 말했다. "어, 오늘 나도 생일인데. 너도 생일 축하한다."

성규네세탁소 입구에는 세탁물을 찾을 분들은 전화를 달라는 안내문이 붙어 있었다. 날짜를 보니 삼년 전 글이었다. 성규가 잠긴 가게 문을 흔들었다. 가게 입구에는 똑같이 생긴 담배꽁초가 일곱개 버려져 있었다. 모두 필터에 씹은 흔적이 있는 걸로 보아 한 사람이 피운 것 같았다. "문 닫은 가게 앞에서 담배를 일곱개비나 피운 사람

은 누구일까?" 성규가 쪼그리고 앉아 담배꽁초를 북두칠
성 모양으로 만들었다. "빚 받으러 온 사람 아닐까. 담배
를 피우며 고민했던 거지. 전화를 걸까 말까." 성규가 고
개를 저었다. "빚쟁이가 찾아올 줄 알았으면 안내문에 전
화번호는 안 적었을걸." "오래전 집을 떠난 아들이 돌아
왔을 수도." 성규가 담배꽁초로 W 모양을 만들었다. 저
렇게 생긴 별자리가 있는 것 같은데 이름이 뭔지 생각나
지 않았다. "첫사랑이 찾아왔을 수도." "돈 꿔달라고 동생
이 찾아왔을 수도." "십년 전 빌린 돈 갚으러 왔을 수도."
"성규가 부모님 몰래 피웠을 수도." 내 말에 성규가 웃었
다. 나도 웃었다. 성규가 문에 붙어 있는 안내문을 떼었다.
반으로 접고 또 반으로 접고 또 반으로 접어 주머니에 넣
었다. 민호슈퍼는 자물쇠로 잠겨 있었다. 번호 키여서 장
난으로 내 생일을 눌러보았는데 한번에 열렸다. "너네 가
게 아냐?" 성규가 오른손으로 어깨를 쳤다. "맞아. 너 먹
고 싶은 거 있으면 다 먹어." 그렇게 말하며 나는 가게 문
을 열었다. 빈 선반을 보고 성규가 말했다. "먹을 거 엄청
많네." 가게 안쪽에 미닫이문이 있었다. 문은 빡빡해서 잘
열리지 않았다. 아래쪽을 발로 몇번 차니 문이 조금 움직
였다. 벽에는 삼년 전 달력이 걸려 있었다. 한장 한장 넘겨

보았다. 제사라고 표시를 한 날이 일곱번 있었다. 아들은 모두 네명. 내일이 큰아들의 생일이었다. 나는 가방에서 펜을 꺼내 오늘 날짜에 별표를 했다. 그리고 그 아래 성규 생일이라고 적었다. "꿀짱구 사줘." 뒤에서 성규가 말했다. 무슨 말인가 싶어 뒤돌아보니 성규가 과자 봉지를 들고 있었다. "선반 뒤에 있었어." 나는 주머니에서 천원을 꺼내 방바닥에 놓았다. 그리고 허공에 대고 말했다. "우리는 도둑이 아니에요. 돈 내고 먹는 겁니다." 나는 성규의 꿀짱구를 빼앗아 먹었다. 내가 빼앗아 먹자 성규가 과자를 빨리 먹기 시작했고 그래서 우리는 누가 빨리 먹는지 내기를 하는 사람들처럼 과자를 먹었다. 다 먹고 과자 봉지를 반으로 접던 성규가 갑자기 소리를 질렀다. 유통기한이 이년도 더 지난 것이었다. 나는 방바닥에 내려놓았던 천원을 다시 주워 지갑에 넣었다. "갈 데 없으면 여기서 자자." 내 말에 성규가 고개를 저었다. "망한 곳에서는 자고 싶지 않아." 성규는 어렸을 때 이렇게 생긴 방에서 살았던 이야기를 들려주었다. "엄마 아빠랑 같이 살 적에. 문방구를 했거든." 성규는 문방구에 딸린 방에서 태어났다. 방문은 격자 모양의 유리로 된 미닫이문이었는데, 방 안에서도 문방구를 볼 수 있게 아래에서 두번째 칸만

투명 유리로 되어 있었다. "그 유리로 문방구를 보면 카운터에 앉아 있는 엄마의 등이 보였어. 엄마 얼굴은 기억나지 않고 그 뒷모습만 기억나." 성규의 아버지는 아내가 떠난 후 문방구 앞에 앉아서 하루 종일 비눗방울만 만들었다. "나중에는 엄청 큰 비눗방울도 만들었어. 내가 그 안에 들어갔거든." 비눗방울 안에 갇히다니. 그건 공중 부양만큼 멋진 일이었다. "아, 놀이공원. 그런 곳에서 밤새우고 싶다." 성규가 혼잣말처럼 중얼거렸다. 놀이공원이라. 틀림없이 귀신이 수백명 있을 것이다. 성규에게 거긴 무서워서 안 된다는 말을 하려다 문득 좋은 곳이 생각났다. "영화관에서 밤새우자. 마지막 영화 보고 숨어 있자." 나는 영화관에서 밤을 새운 적이 있는 사람을 알고 있다. 바로 우리 아버지였다.

4

그날 아버지는 여자친구에게 헤어지자는 이야기를 들었다. 폭설이 내린 날이었고 버스가 밀려 약속 시간에 늦었다. 예매한 영화를 보지 못하자 여자친구가 화를 냈다.

아버지는 억울했다. 일년 넘게 만나는 동안 아버지가 늦은 적은 그때가 처음이었기 때문이었다. 그래서 아버지는 여자친구가 늦었던 많은 날에 대해 이야기를 했고, 쪼잔한 놈이라는 소리를 들었고, 이별을 통보받았다. 아버지는 영화관 뒷골목에 있는 술집에서 술을 마셨다. 그리고 혼자라도 영화를 봐야겠다는 생각에 여자친구가 보고 싶어한 영화의 마지막 상영 회차를 예매했다. 관객은 다섯 명도 되지 않았다. 아버지는 영화를 보다 잠이 들었다. 그리고 눈을 떠보니 아무도 없었다. 시간은 새벽 두시가 넘어 있었다. 나가는 문은 잠겼고, 아버지는 119에 전화를 하려다가 말았다. 혹시라도 이 일로 잘리는 직원이 생길지도 모른다는 생각이 들었기 때문이었다. 아침이 오기를 기다리면서 아버지는 스크린을 노려보았다. 아버지는 감독이 되는 상상을 했다. 그리고 영화 한편을 만들어보았다. 주인공은 어릴 적 죽은 여동생이었다. 여동생은 귀신이 되어 오빠의 곁을 맴돈다. 오빠의 생일 케이크 촛불을 대신 불고, 군대에서 오빠를 괴롭힌 선임의 발을 걸어 넘어뜨리고, 첫사랑에 실패해 울고 있는 오빠의 가슴에 입김을 불어 넣는다. 영화의 마지막 장면. 오빠가 결혼을 해 아이를 낳는다. 그 아이를 보며 여동생은 말한다. 내가 네 고모야. 안녕. 그 말을 끝으로 여동생은 투명해진다. 아버지는 눈물을 조금 흘렸다. 울고 나자 참을 수 없이 추위가 느껴졌다. 아버지는 상영관 문에 달린 커튼을 몸에 돌돌 말고 밤을 새웠다. 아침이 되자 누군가 상영관 안으로 들어왔다. 그리고 아버지를 보고 깜짝 놀라 뒤로 넘어졌다. 아버지가 직원에게 말했다. "걱정 말아요. 귀신 아니에요." 사연을 들은 직원은 미안하다며 아버지에게 따뜻한 커피를 주었다. 커피를 마시며 아버지는 밤새 귀신 세 명과 같이 있었다고 말했다. 그 말에 직원이 놀라 딸꾹질을 했다. "농담이에요. 미안해요." 아버지가 사과를 했다. 딸꾹질은 멈추지 않았다. 아버지는 인터넷으로 딸꾹질 멈추는 법을 찾아보았다. "잠시 숨을 참으래요." 아버지의 말에 직원이 숨을 참았다. 그래도 멈추지 않았다. "얼음물을 마시래요." 얼음물을 마셨는데도 멈추지 않았다. "그래도 안 되면 천천히 혀를 잡아당기라는데요." 아버지가 말하며 혀를 잡아당기는 시늉을 했다. 그 모습을 본 직원이 웃었고, 웃다보니 딸꾹질이 멈추었다. 아버지는 직원에게 몇시에 퇴근을 하느냐고 물었다. "그 직원이 우리 엄마야." 나는 영화관으로 가면서 성규에게 부모님의 첫 만남에 대해 이야기를 해주었다.

19세 이상 관람가를 제하고 나니 우리가 볼 수 있는 마지막 회차 영화는 세 편이었다. 그중 가장 인기가 많은 영화는 패스. 관객이 많으면 직원이 청소를 오래 할 테고 그러면 숨어 있을 수가 없을 것 같았다. 우리는 '나는 무사히 할머니가 될 수 있을까?'라는 제목의 다큐멘터리를 골랐다. 할머니 이야기라니. 그런 걸 누가 보겠는가. 콜라를 사려다가 오줌이 마려울까봐 참았다. 나는 화장실에서 아버지에게 문자 메시지를 보냈다. 다음 주가 중간고사라 성규네 집에서 밤새 시험공부를 한다고. 아버지가 야식 먹고 공부하라며 치킨 쿠폰을 보내주었다. 성규가 누구인지 묻지도 않고. 영화는 치매에 걸린 할머니가 자신의 이름을 잊어버리는 장면에서 시작한다. 카메라를 든 손녀가 할머니에게 묻는다. "내가 누구야?" 할머니가 카메라를 한참 들여다본 뒤에 말한다. "기자 양반. 예쁘게 찍어줘요." 손녀는 할머니가 치매에 걸린 뒤 돌아가실 때까지 오년의 세월을 카메라에 담았다. 그중 가장 자주 나온 장면은 꽃구경을 가는 것이었다. 할머니는 딸의 이름을 잊고 아들의 이름을 잊고 마침내 자신의 이름도 잊었지만, 꽃의 이름만은 잊지 않았다. 할머니가 돌아가실 때 나는 울었다. 슬프다는 생각이 들지 않았는데 그냥 나도 모르게 눈물이 나왔다. 영화는 지루했다. 중간에 졸기도 했는데 그런 영화를 보고 울었다는 게 조금 창피했다. 영화가 끝나고 상영관에 불이 켜지기 전에 우리는 재빨리 뒤쪽으로 가서 숨었다. 직원이 뒤로 오면 앞쪽으로 기어갈 생각을 하며 긴장하고 있었는데 직원은 대충 둘러보고는 금세 나가버렸다. 잠시 후 상영관 불이 꺼졌다. 성규가 휴대전화의 손전등을 켜고는 앞쪽으로 걸어갔다. 그러다 중간쯤 되는 곳에 앉았다. 나는 성규를 따라 걷다가 두칸 떨어진 자리에 앉았다. "근데 그 할머니, 애쓴다는 말을 몇번 했는지 알아?" 성규가 물었다. 할머니는 누군가 집에 오면 그 말을 했다. 애썼다. 애썼어. 그렇게 두번 반복해서 말을 했다. 매일 보는 자식들에게도, 처음 보는 냉장고 수리 기사에게도. "오십육번. 영화가 하도 재미없어서 내가 세봤어." "오십육번이라니. 그걸 센 너도 애썼다." 나는 멋진 농담이라고 생각했는데 내 말에 성규는 웃지 않았다. "넌 오십육번의 애썼다는 말 중 언제가 가장 기억에 남아?" 성규가 목소리를 깔고 진지하게 물었다. 그리고 내가 대답도 하기 전에 자기는 할머니 국숫집에서 술 마시다 싸우는 사람들을 말릴 때 한 말이라고 그랬다. 할머니는 분점이 세개나 있는 국숫집을 운영했다. 할머니는 택시 기사였던 남편을 사고로 일찍 잃고 이런저런 식당에서 일을 하다 국숫집을 하나 인수했다. 조만복 국숫집. 간판을 바꾸려면 돈이 든다고 해서 그대로 사용했는데, 많은 사람들이 할머니 이름을 '조만복'이라고 착각을 했다. 방송국에 맛집으로 소개된 적이 있는데 거기에도 조만복이라고 소개되었다. 장사가 잘될수록 할머니는 악몽을 꿨다. 진짜 조만복 할머니가 꿈에 나와 이름을 돌려달라고 화를 내는 꿈이었다. 그래서 할머니는 조만복이라는 이름으로 수백명의 학생들에게 장학금을 주게 되었다. 뭐 그런 사연을 가진 할머니는 치매에 걸린 후 자신의 가게인 것도 잊고 손님처럼 국수를 먹으러 간다. 감자전에 막걸리를 마시다 갑자기 멱살을 잡고 싸우던 할아버지들이 온 날도 그랬다. 할아버지들은 삼십년 넘게 한달에 한번씩 만나 술을 마시는 친구 사이였는데, 술을 마실 때마다 번갈아 술값을 냈다. 그런데 두 할아버지 모두 마지막 술값을 자기가 냈다고 우기기 시작했다. 할아버지들이 싸울 때 할머니는 옆 테이블에서 후루룩후루룩 소리 내며 국수를 먹고 있었다. 그러다 갑자기 할머니가 외쳤다. "이제 누가 먼저 죽을지 모르니 반반씩 내." 그 말에 할아버지들이 맞

마법사들   27

는 말이라며 서로의 멱살을 풀고 자리에 앉았다. "오래 살자." 할아버지들은 그렇게 건배를 하고 막걸리를 마셨다. 그 장면은 기억이 나는데 할머니가 애썼다고 말한 순간은 기억이 나지 않았다. 성규에게 언제 그 말이 나왔느냐고 묻자 할머니가 자기 테이블에 있던 만두를 할아버지들에게 주면서 말했다고 한다. 싸우느라 애썼다고. 늙느라 애썼다고. "싸울 때도 애를 쓰고 늙을 때도 애를 써야 한다니. 난 잘 모르겠다. 그러다간 잠잘 때도 애를 써야겠다." 성규가 고개를 절레절레 흔들었다. "나는 할머니가 호박죽 먹으면서 했던 말." 내가 말했다. 할머니가 돌아가시기 며칠 전, 딸이 만들어준 호박죽을 먹는 장면이 있었다. 그때 할머니는 죽을 얼마 먹지 못했고, 숟가락을 내려놓으며 말했다. 나는 그만 애쓸란다, 하고. 성규는 할머니가 그렇게 말한 게 아니라고 반박했다. 나는 그만 먹을란다,라고 말했다고. "내가 분명히 들었어. 너무 이상한 말이라 기억한다니까." 내가 우기자 성규가 대답 대신 휘파람을 불었다. 무엇인지 알 수 없는 노래였다. 한참 후에 성규가 혼잣말처럼 중얼거렸다. "그만 애쓴다니. 그건 너무 슬픈 말이네."

5

나는 맨 앞줄로 자리를 옮겼다. 그리고 아버지처럼 스크린을 뚫어져라 쳐다보았다. 내가 감독이라면 무슨 영화를 만들까? 근사한 이야기는 떠오르지 않았고 눈만 시큰거렸다. 성규가 무대 위로 올라갔다. 나는 배우의 무대 인사를 보러 온 관객처럼 박수를 쳤다. 그리고 손을 들어 질문을 했다. "이번에 맡으신 역을 소개해주시겠어요?" 내 말에 성규가 주먹을 쥔 오른손을 입가에 가져다 댔다. 그리고 마이크를 든 사람처럼 말을 했다. "아, 아, 잘 들리나요?" 나는 휴대전화의 손전등 앱을 켰다. 그리고 성규가 서 있는 곳을 향해 조명을 밝혀주었다. "우선 제 영화를 보러 와주셔서 감사합니다. 저는 이번 영화에서 생일날 미역국을 끓여주지 않은 아버지에게 화가 나서 가출을 한 고등학생 역을 맡았습니다." 성규의 말에 나는 휴대전화를 흔들었다. 겨우 그런 이유로 가출을 하자고 하다니. "네가 지금 초등학생이냐?" 나는 성규에게 한 소리를 했다. 그렇게 먹고 싶으면 본인이 끓여 먹으라고. 나는 내 생일에 미역국 라면을 끓여 먹었다고. 그러자 성규가 사실은 그게 아니라며 다른 이야기를 들려주었다. 고등학생이 되어서도 후드티를 벗지 않자 성규의 아버지는 옷을 벗을 때까지 말도 섞지 않겠다고 선언했다. 그후 성규의 아버지는 아들에게 할 말이 있을 때마다 식탁에 메모를 남겼다. 김치찌개 데워 먹어라. 오늘 열시 넘어서 퇴근한다. 양말 뒤집어 벗지 마라. 그런데 오늘 아침에는 아무 쪽지도 남기지 않았다. "그래도 생일 축하한다,라는 말은 남겨야 하는 거 아냐?" 나는 아무 대꾸도 하지 않았다. 하지만 고개는 끄떡였다. 성규는 화가 나서 집을 나가겠다고, 다시 돌아오지 않겠다고 메모를 남겼다. 그리고 학교까지 갔다가 다시 돌아와 식탁에 올려놓은 메모를 찢었다. 새 종이를 꺼내 미안하다는 말을 적었다. 미안하다는 말을 하고 나니 이야기를 할 용기가 생겼고, 성규는 처음 후드티 모자를 썼을 때의 사연을 편지에 적었다. 문방구가 망하고 성규의 아버지는 성규를 보육원에 맡겼다. "아빠가 악착같이 돈을 벌어 삼년 후에 데리러 온다고 말했어. 조금 늦게 오긴 했지만 아빠는 약속을 지켰지." 성규가 보육원에 있을 때 친하게 지낸 아이가 있었다. 어느 크리스마스 날이었다. 스파이더맨 망토가 달린 옷을 누군가 선물로 보냈다. 성규는 그 옷을 입고 싶었지만 친구에게 양보를 했다. 스파이더맨 옷을 입은 아이는 하루 종일 뛰어다녔다. "의자에 올라가 뛰어내리고, 책상에 올라가 뛰어내리고, 그러다 미끄럼틀에 올라가 뛰어내렸지." 아이는 뛰어 내려오다 발을 잘못 디뎠고, 그 바람에 뒤로 넘어지며 화단 경계석에 머리를 부딪혔다. "응급차가 와서 그 애를 병원으로 데려갔는데 다시 돌아오지 않았어." 성규는 초등학교 3학년이 되어서야 아버지와 같이 살게 되었다. 그해 크리스마스 날, 태어나서 처음으로 아버지와 놀이공원에 갔다. 아버지와 놀이기구를 타는데 누군가 귀에 대고 속삭였다. 너는 좋겠다. 그 목소리를 듣자마자 성규는 누구인지 알아차렸다. "그후로도 그 아이는 늘 나를 따라다녔어. 그리고 내가 행복하게 지내는 걸 질투했지." 그러던 어느 날, 성규는 학교 운동장에서 멀리뛰기를 연습하는 형을 만났다. 성규가 운동선수냐고 묻자 형은 아니라고 말했다. 우연히 이 미터짜리 줄자를 선물받아서 그때부터 이 미터를 목표로 제자리멀리뛰기를 연습하게 된 거라고. 아직 이 미터까지 뛰지 못하지만 내년에는 가능할 것 같다고. 그러면서 성규에게도 뛰어보라고 했다. 하얀색 구름판 위에 성규는 섰다. 심호흡을 크게 하고 몸과 팔을 뒤로 젖혔다가 앞으로 뛰었다. 그리고 엉덩방아. 형이 웃으면서 다시 뛰어보라고 했다. 또 엉덩방아. 또 엉덩방아. 그렇게 다섯번쯤 엉덩방아를 찧자 성규는 울었다. 우는 성규의 얼굴을 닦아주면서 형이 말했다. "뛰기 전에 가장 행복했던 기억을 떠올려. 그러면 몸이 슝 날아오를 거야." 성규는 구름판에 서서 눈을 감았다. 어머니가 손가락으로 하늘을 가리켰다. "저기 봐라." 어머니의 손끝을 따라가보니 하늘에 무지개가 있었다. 어린 성규가 울 때면 어머니는 그렇게 말하며 성규를 달랬다. 저기 봐라, 하고. 어머니의 손가락이 가리키는 곳에는 늘 근사한 풍경이 있었다. 성규는 눈을 떴다. 그리고 심호흡을 크게 하고 멀리뛰기를 했다. 아버지가 만들었던 커다란 비눗방울 안에 들어가 있는 게 느껴졌다. 비눗방울은 오래, 오래 공중에 떠 있었다. 착지를 한 다음 성규가 소리쳤다. "슝 날았죠? 봤어요?" 형이 성규의 머리를 쓰다듬어주었다. 그리고 입고 있던 후드티를 벗어 성규에게 입혀주었다. "선물이야. 이만큼 크라고. 쑥쑥 커서 이거 입으라고." 그날 성규는 후드티를 뒤집어쓰고 시소에 앉아 있었다. 해가 질 때까지. 어릴 때 덮었던 담요가 기억났다. 사슴이 그려진, 포근하고 보드라운 담요였다. "후드티 모자를 쓰고 있으면 비눗방울 안에 갇힌 기분이 들어요. 어디든 날아갈 수 있을 것 같아요. 참, 그후로 그 아이가 찾아오지 않았어요. 사라졌죠. 그게 영화의 마지막 장면입니다." 나는 박수를 쳤다. 성규가 무대에서 내려와 내 옆에 앉을 때까지 박수를 멈추지 않았다.

"이번에는 네 차례." 성규가 내 무릎에 손을 올려놓고 말했다. 나는 무대로 올라갔다. 무대에 서서 관객석을 보니 성규의 얼굴이 거의 보이지 않았다. 성규가 휴대전화의 손전등을 켜서 나를 비췄다. "시네클럽의 박성규 기자입니다. 이번에 맡은 역은 무엇입니까?" 성규가 손을 들어 물었다. "음, 저는 미역국을 못 먹었다고 가출한 철없는 주인공의 단짝 친구 역을 맡았습니다." 성규가 철없다는 말을 빼고 다시 말해달라고 해서 나는 싫다고 했다. "이번 영화에서 가장 마음에 드는 장면은 어떤 건가요?" 성규가 다시 물었다. 나는 날아가는 풍선을 잡으려고 손을 뻗다가 공중 부양을 하게 된 아이가 나오는 장면이라고 대답했다. 아버지는 담임 선생님의 연락을 받고 나서야 내가 까치발로 걷는다는 걸 알았다. 소아과를 몇군데 다녔지만 나아지지 않았다. "그래서 아버지가 나를 데리고 여행을 다니기 시작했어." 속 썩이는 사춘기 아들을 둔 직장 상사가 아버지에게 야영을 권했다. 텐트에 누우면 파도 소리도 바람 소리도 크게 들린다고. 나란히 누워 그 소리를 듣다보면 아무 말 안 해도 사이가 좋아진다고. 그렇게 나와 아버지는 주말마다 전국의 바닷가를 돌아다녔다. 그러던 어느 밤이었다. 잠들기 전에 수박을 먹어서 그런지 오줌이 마려웠다. 나는 텐트 밖으로 나와 바다를 향해 걸었다. 그리고 모래사장에 오줌을 누었다. 다시 텐트로 돌아가려니 어떤 텐트가 우리 텐트인지 찾을 수가 없었다. 아버지를 불렀지만 대답이 없었다. 할 수 없이 나는 다시 모래사장으로 가서 누군가 버리고 간 돗자리를 깔고 앉았다. 그러다 꾸벅꾸벅 졸았다. 졸면서 나는 해변에서 불꽃놀이를 하는 꿈을 꾸었다. 눈을 떠보니 옆에 아버지가 앉아 있었다. 나는 눈을 비볐다. "저기 봐라." 아버지가 손가락으로 바다를 가리켰다. 아버지의 손가락 끝을 따라가보니 해가 손톱 끝 반달만큼 나와 있었다. 아버지가 나를 자리에서 일으켰다. 그리고 내 뒤에 서서 나를 감싸듯 안았다. 아버지가 솟아오르는 해를 향해 손을 뻗었다. "손가락으로 해를 들어볼까?" 아버지가 말했다. 나도 아버지를 따라 손을 뻗었다. 그리고 가운뎃손가락 끝에 해가 닿도록 했다. "영차. 영차." 아버지가 말했다. 나는 손에 힘을 주고 천천히 위로 올렸다. 그러자 손가락 끝에 묵직한 무언가가 닿는 게 느껴졌다. "영차. 영차." 나도 아버지를 따라 말했다. 해가 떠오를 때까지 아버지와 나는 해를 하늘로 밀어 올렸다. 그 순간이었다. 해의 끝이 바다에서 떨어지는 순간, 해가 온전한 동그라미가 되는 순간, 뒤꿈치가 내려왔다. 내 몸의 무게가 발바닥 전체에 고스란히 느껴졌고 나는 너무 놀라 뒤로 넘어졌다. 아버지가 내 머리를 쓰다듬어주었다. "이제 아침밥 먹자." 나는 참을 수 없이 배가 고파졌다. "믿지 않는 관객분들도 있겠지만요. 그날부터 살이 찌기 시작했어요. 까치발을 고치고 비만을 얻었죠. 사실 살만 빼면 전 지금도 공중 부양을 할 수 있답니다." 성규가 큰 소리로 웃으며 박수를 쳤다. "재미있었습니다. 그런데 영화를 보고 나니 배가 고파지네요." 나는 성규에게 배는 안 고픈데 화장실에 엄청 가고 싶다고 말했다. 성규가 비상구 쪽으로 다가가 문을 밀어보았다. 이런. 문은 잠겨 있지 않았다. 밖에서는 열 수 없고 안에서만 열 수 있는 문이었다. 우리는 화장실에 가서 오랫동안 오줌을 누고 비상계단을 통해 아래층으로 내려왔다. 문을 연 식당이 없어서 24시간 해장국집에 갔다. 중절모를 쓴 할아버지 세분이 선지해장국에 소주를 마시고 있었다. 메뉴판을 한참 들여다보고 있는데 할아버지 중 한분이 주방을 향해 소리쳤다. "오늘은 특히 더 맛나네." 그 말에 우리는 선지해장국을 시켰다. "너 먹어봤어?" "아니, 넌?" "나도 처음." 선지해장국을 한숟가락 먹고 성규가 얼굴을 찌푸렸다. 나도 선지를 한숟가락 떠서 먹어보았다. 다시는 사 먹고 싶지 않은 맛이었다. 그래도 우리는 다른 날보다 특별히 더 맛있다는 선지해장국을 꾸역꾸역 먹었다. 왠지 남기고 싶지 않았다. "먹느라고 애쓰네." 성규가 말했다. "너도 먹느라고 애써." 내가 대꾸했다. 나는 국에 밥을 말았다. 성규가 주방을 향해 깍두기를 더 달라고 말했다.

타임캡슐

1

열다섯번째 생일날, 아빠와 고모는 내게 약속을 했다.
앞으로 생일날에는 어떤 짓을 저질러도 혼내지 않겠다고.
그날 나는 친구들과 근사한 생일파티를 할 계획이었다.
지구네 집 마당에는 게르가 있었는데 거기서 밤새 놀기
로 한 것이다. 게임 회사에서 일을 했던 지구 아버지는 공
황장애가 와서 휴직을 했다. 그리고 마당에 게르를 설치
한 뒤 낮에는 목공을 하고 밤에는 불명을 했다. 그렇게 일
년을 보낸 뒤, 지구 아버지는 딸에게 그동안 미안했다고
사과를 하고는 다가오는 생일날 무엇을 하고 싶냐고 물었
다. 지구는 게르에서 친구들과 파자마 파티를 하고 싶다
고 말했다. 지구와 나는 생일이 같았다. 우리는 고등학생

이 되기 전에 평생 잊지 못할 생일파티를 하기로 했다. 똑같은 잠옷도 사두었다. 그랬는데 생일을 사흘 앞두고 이사를 간다고 아빠가 갑작스럽게 통보를 한 것이다. 그제야 나는 치킨가게가 몇달 전에 망했고 월세를 내지 못해 보증금도 다 까먹었다는 걸 알게 되었다. "이 집도 토요일까지 비워야 해. 그리고 찾아보니 토요일이 길일이래. 그날 이사를 가면 아빠 운도 다시 좋아질지 몰라." 아빠가 말했다. 나는 화가 나서 아빠 운이 좋았던 적이 언제 있었냐고 받아쳤다. 내가 그렇게 말하면 아빠는 못됐다, 못됐다,라고 고개를 흔들곤 했는데 그날은 갑자기 눈물을 흘렸다. 울면서 아빠는 말했다. "그러게. 그러게." 아빠가 울어서 나는 생일파티 이야기는 꺼내지도 못했다.

시골집에는 고모가 혼자 살고 있었다. 할아버지는 돌아가시면서 집 한채를 남겼는데 아빠와 고모는 집을 팔아서 돈을 나누기로 했다. 하지만 시세가 오천만원도 되지 않을뿐더러 사려는 사람도 없다는 부동산 사장의 말을 듣고는 고모가 아빠에게 빌려준 돈 삼천만원을 받지 않는 조건으로 시골집을 홀로 상속받았다. 고모는 주말마다 내려가 낡은 집을 수리하더니 재작년에 아예 회사를 그만두고 고향에 정착했다. 그리고 읍내 초등학교 앞에 꽈배기 가게를 차렸다. 장사는 그럭저럭 되는 모양이었다. 이사를 한 날 아빠와 고모는 싸웠다. 방 때문이었다. 제일 큰 안방은 고모가 썼고 두번째로 큰 방은 내 차지가 되었다. 세번째 방이 너무 작아서 책상이 들어가지 않았기 때문이었다. 결국 가장 작은 방을 쓰게 된 아빠는 고모에게 안방과 바꾸자고 했다. 고모는 그렇다면 월세를 내라고 했고 그 말에 아빠는 망하고 돌아온 사람한테 돈 이야기를 한다며 화를 냈다. "어릴 때부터 그렇게 독하더니. 야박한 년." 아빠가 고모 욕을 했다. "오빠는 물 한잔도 자기 손으로 떠다 먹은 적이 없는 한심한 놈이었어." 고모가 아빠 욕을 했다. 아빠와 고모가 싸우는 모습을 보다 나는 소리쳤다. "정말 너무해. 너무한다고. 오늘이 내 생일인데." 생일이라고 말해버리고 나자 눈물이 났다. 나는 쪽팔려서 얼른 화장실로 들어갔다. 한참 후에 아빠가 화장실 문을 두드렸다. 그리고 휘파람을 불었다. 라솔미미. 라솔미미. 검은등뻐꾸기 소리였다. 엄마는 이 시골집 마당에서 검은등뻐꾸기가 우는 소리를 처음 들었다고 했다. 할아버지에게 인사를 드리러 왔을 때였다. 엄마가 새 이름을 물어봤지만 아빠는 대답하지 못했다. 동네 형들이 홀딱벗고새라고 불러서 아빠도 그런 줄 알고 있었기 때문이었다. 엄마가 새소리를 따라 하면서 괜찮아요, 괜찮아요, 하고 중얼거렸다. 그후, 휘파람을 불 줄 몰랐던 아빠는 검은등뻐꾸기 소리를 흉내 내기 위해 여섯달이나 연습을 했다. 아빠가 휘파람으로 새소리를 내면 엄마는 그 안에 숨은 뜻을 찾아내곤 했다. 어떤 날은 배고파요. 어떤 날은 행복해요. 어떤 날은 화 풀어요. 어떤 날은 고마워요. "라솔미미. 미안해요. 라솔미미. 미안해요." 그렇게 말하고 아빠가 다시 한번 휘파람을 불었다. 나도 모르게 피식 웃음이 나왔다. 밖으로 나와보니 고모가 마당에 불을 피워 삼겹살을 굽고 있었다. 쌈을 싸서 내 입에 넣어주며 고모가 말했다. "생일 축하해. 그리고 미안해." 빈말로 아빠한테 생일 선물을 달라고 했더니 아빠가 말했다. "앞으로 네 생일날은 절대 혼내지 않을게. 정말이야. 잔소리도 안 할게." 아빠의 말에 내가 다시 물었다. "평생? 내가 어떤 짓을 저질러도?" 아빠가 새끼손가락을 내밀었다. "응. 평생. 무슨 짓을 해도." 아빠가 말했다. "고모도 약속해." 고모도 새끼손가락을 내밀었다. "응. 평생. 무슨 짓을 해도."

2

열여섯번째 생일을 일주일 앞두고 창고를 허물어야 할 일이 생겼다. 옆집에서 집을 새로 지으려고 측량을 하다가 우리 집 창고 일부가 자기네 땅을 넘어왔다는 것을 알게 되었다는 것이다. 현장소장이 찾아와 경계에 맞게 담을 다시 세우겠다고 말했다. 그러려면 우리 집 창고도 허물어야 한다고. "누가 그래요? 기상이예요? 기중이예요? 기하예요? 누구든 직접 찾아오라고 하세요." 고모가 화를 냈다. 옆집에는 삼형제가 살았는데 이름이 기상 기중 기하였다. 고모는 그들을 묶어서 상중하라고 불렀다. "공부는 이름 따라 상중하 순서 그대로였고, 생긴 건 하중상 순서였고, 착하기는 중상하 순서였지." 기상은 아빠와 동창이었고 기중은 고모와 동창이었다. 그래서 아빠는 기상에게, 고모는 기중에게 전화를 걸었다. 그들이 한 대답은 똑같았다. "우리는 몰라. 기하가 지 돈으로 하는 거라서." 그러면서 자기네 집안 골칫덩어리였던 막내가 어떻게 부자가 되었는지 사연을 들려주었다. 아빠는 아파트 대출 빚을 동생이 다 갚아주었다는 기상의 이야기를 한참 들어야 했고, 고모는 동생이 자기 딸에게 피아노를 사주고 레슨비도 내주었다는 기중의 이야기를 한참 들어야 했다. 그러니 따지려면 기하에게 하라고 두 형들은 말했다. 고모는 기하 아저씨에게 전화하지 않고 현장소장에게 전화를 걸었다. 여긴 시골이라고. 우리도 측량을 하면 뒷집이 담을 허물어야 하고, 뒷집이 측량을 하면 또 그 뒷집이 담을 허물어야 할 거라고. 온 동네 측량을 다 해보자고. 그 말을 전해 들었는지 기하 아저씨가 고모에게 전화를 걸어 왔다. 그리고 대뜸 자기 이마에 아직도 흉터가 있다고 말했다. 그 일을 사과하면 낡은 창고를 허물고 그 자리에 반듯한 창고를 지어주겠다고 제안을 했다. 고모는 전화를 끊은 뒤 꽈배기를 계속 만들었다. 아빠가 그만 만들라고 해도 말을 안 듣더니 이천원에 세개인 꽈배기를 같은 값에 네개씩 팔았다. 그러고도 너무 많이 남아서 이웃 상가에 나눠주었다. 그랬더니 닭강정 가게에서 닭강정을 주었다. 닭강정을 선물받은 김에 고모는 맥주를 마셨다. 맥주를 두 캔 마신 뒤에 고모는 어떤 일이 있어도 사과를 하지 않을 거라고 말했다. "담을 허물면 나도 소송을 걸 거야." 아빠는 어차피 담도 곧 무너질 듯 기울었고 창고도 낡았으니 이참에 땅을 돌려주고 새 창고를 받는 게 남는 장사

라고 했다. 중학생 때 고모는 돌로 기하 아저씨의 이마를
내리쳤다. 잘못했다고 빌 때까지 할아버지가 용돈을 주
지 않겠다고 하는데도 고모는 사과를 하지 않았다. "네 고
모가 어떻게 했는지 아니? 동네 사람들 밭일을 해주고 돈
을 벌었다니까, 일년이나. 일을 어찌나 잘했는지 일년 후
에 동네 사람들 전부가 네 고모 편이 되었어. 처음에는 드
센 년이라고 욕을 하던 사람들이 나중에는 기하가 맞을
짓을 했으니 맞은 거라고 그러더라니까. 아! 그건 그렇고
이참에 창고를 허물고 거기에 작업실을 지을까. 목공이나
배우게." 아빠의 말을 들은 고모가 한숨을 쉬었다. 아빠는
이사를 와서 처음에는 육촌 아저씨네 멜론 농장에서 일을
했다. 「여섯시 내고향」에 두번이나 출연한 적이 있는 아
저씨는 자기 밑에서 열심히 일을 배워 나중에 멜론 농사
를 지으라고 했다. 하지만 아빠는 멜론 잎이 피부에 닿으
면 두드러기가 생기는 바람에 한달도 못 버티고 그만두었
다. 그후엔 배달 일을 시작했다. 콜이 없을 때는 고모네 가
게에서 시간을 보냈다. 고모가 가게에 있는 동안은 꽈배
기라도 만들라고 시켜봤는데 너무 못 만들어서 팔 수 없
을 정도였다. "이렇게 쉬운 꽈배기도 못 만드는데 무슨 목
공이야." 고모가 비웃었다. 아빠는 고모 말은 못 들은 척

천장을 보고 휘파람을 불었다. "네 엄마라면 그 자리에 나무를 심자고 했을 거야." 엄마와 아빠는 내가 태어나기 전에 병산서원에 놀러 간 적이 있었다. 거기서 꽃이 만발한 배롱나무를 보았고 그 뒤로 엄마의 소원은 배롱나무가 있는 집에서 살아보는 거였다고 아빠는 말했다. 엄마의 소원을 듣자 열여섯번째 생일 찬스를 어디에다 쓸 것인지 좋은 생각이 떠올랐다.

고모의 휴대전화 비밀번호를 알아내는 데 이틀이나 걸렸다. 부러 고모 옆에서 이런저런 수다를 떨었지만 고모는 내 앞에서 휴대전화를 열지 않았다. 그러다 형사가 되는 것이 꿈인 진형의 이야기를 하게 되었다. 진형은 담임이 연애를 한다는 사실을 알아차린 뒤 별명이 코난이 되었다. 진형의 말에 의하면 담임이 팔짱을 끼고 운동장을 바라보면서 혼자 웃는 날이 많아졌다는 거였다. 그러더니 입지 않던 색깔의 옷을 입기 시작했다고. 처음에는 아무도 진형의 말을 믿지 않았지만, 한달 후 담임이 데이트를 하는 장면을 반장이 목격하게 되면서 그런 별명이 붙었다. 최근에 진형은, 엄마의 음식 솜씨가 갑자기 변했는데 그 이유를 밝혀달라는 선진이의 의뢰를 받고 조사 중이었다. "일주일째 미행을 했는데 선진이 엄마는 퇴근하면 바로 집에 간대. 그래서 아직 아무것도 알아낸 게 없대." 내 말에 고모가 그건 미행을 할 게 아니라고 했다. 차라리 선진이보고 집으로 초대해달라고 해서 집 안 분위기를 살펴보는 게 더 낫지 않겠냐는 것이었다. 우리 말을 듣고 있던 아빠가 자기 친구의 어머니 중에서 갑자기 간을 맞추지 못하게 되신 분이 있었다는 이야기를 들려주었다. 그런데 알고 보니 치매였다고. 아빠의 말을 듣던 고모가 갑자기 휴대전화로 무언가를 검색하기 시작했다. 앗싸! 나는 재빨리 비밀번호를 보았다. "맞네. 치매면 후각 미각이 둔해진대." 고모가 말했다. 나는 진형에게 메시지를 보내는 척하면서 고모의 비밀번호를 내 휴대전화에 저장해두었다. 사흘 후 생일이 되었고, 나는 다시 꽈배기 가게로 가서 고모에게 진형의 이야기를 마저 들려주었다. 나는 집에 가서 살펴보는 게 좋을 것 같다는 고모 말을 진형과 선진에게 전했다. 진형이 자기 혼자 가는 것보다는 여럿이 가는게 더 좋을 것 같다고 해서 나와 선진이의 단짝 친구인 지민이랑 같이 갔다. 우리는 선진이 어머니에게 급식이 맛이 없어서 점심도 거의 못 먹었다고 거짓말을 했다. 선진이 어머니가 떡볶이와 김치볶음밥을 해주었다. 너무 맛있어서 나는 교복 치마의 호크까지 풀고 먹었다. 먹으면서 선진이가 연신 고개를 갸웃했다. 분명 아침까지만 해도 밍밍한 뭇국에 아주 짠 달걀말이를 먹었다는 거였다. 음식을 다 먹은 뒤 진형이 이런 충고를 해주었다. "일단 오늘 저녁에 너랑 아빠랑 엄마에게 미안하다고 해. 그리고 사랑한다는 말도 하고." 나도 한마디 했다. "그리고 맛이 있든 없든 이제 그냥 먹어. 해주는 게 어디야." 선진이는 진형의 말대로 했다. 미안하다고. 사랑한다고. 그랬더니 다음 날 아침에 아주 맛있는 어묵탕과 유부초밥이 나왔다. "고모, 글쎄 선진이네 아빠가 결혼기념일을 잊었대. 게다가 그날 아침에 반찬 투정까지 했다는 거야." 내 말에 고모가 자기가 그런 소리를 들었으면 아예 밥도 안 차려준다고 말했다. 나는 선진이 엄마의 다음 말도 전해주었다. "그런데 선진이네 엄마가 선진이 고등학교 졸업할 때까지만 밥을 차린다고 그랬대." 그 말에 고모가 고개를 끄떡이며 치매가 아니라 다행이라고 여러번 중얼거렸다. 내 생일이라고 고모가 열번 꼬아서 튀긴 기다란 꽈배기를 만들어주었다. 나는 그걸 먹으며 고모가 휴대전화를 두고 화장실에 가길 기다렸다. 그리고 마침내 고모가 휴지를 들고 밖으로 나가자 나는 고모의 휴대전화를 열어서 기하 아저씨에게 사과의 메시지를 보냈다. 화장실에 다녀온 고모에게 나는 말했다. "작년에 한 약속 기억나? 생일날 어떤 일을 저질러도 용서해준다는 말." 고모가 고개를 끄떡였다. 나는 고모에게 휴대전화를 돌려주었다. 고모가 휴대전화를 보더니 버럭 소리를 질렀다. 나는 기하 아저씨에게 사과 메시지를 보내면서 창고를 새로 지어주는 대신 그 자리에 게르를 설치해달라고 했다. 그리고 배롱나무도 한그루 심어달라고 했다. 기하 아저씨는 웃는 이모티콘을 다섯개 연달아 보냈다. '낭만적이네. 아주 근사한 나무로 심어줄게.' 기하 아저씨의 답장을 읽더니 고모가 말했다. "이 자식은 한번도 나를 누나라고 안 불러." 고모가 게르가 뭐냐고 물었다. 나는 게르 사진을 보여주었다. 그리고 지구네 아빠가 이십대에 몽골 여행을 갔는데 그곳에서 잠을 자는 동안 늘 행복한 꿈을 꾸었다는 이야기를 해주었다. 아침이면 낡은 천 사이로 햇살이 스며들어왔고, 눈이 부셔 잠에서 깨면 단순한 마음이 무엇인지 알게 되었다고. 그래서 국제전화를 걸어 헤어진 여자친구에게 미안하다고 사과를 했다고. 그렇게 해서 지구네 부모님은 결혼을 하게 되었다고. "고모도 게르에서 재워줄게. 며칠 거기서 자다보면 정말로 사과를 하고 싶은 마음이 들지도 모르잖아." 내 말에 고모가 자기는 절대 그런 일은 없을 거라고 말했다. 게르는 마음에 안 들지만 마당에 멋진 나무한그루가 있는 것은 좋다고도 덧붙였다. "오늘 네 생일이라 봐주는 거야. 그리고 사과는 했지만 내가 사과를 한 건아니다. 그건 잊지 마." 고모가 말했다.

3

비가 계속 와서 공사가 지연되었다. 기말고사를 망쳤다. 울적해서 창고에 들어가 곧 버려질 물건들을 구경했다. 거기에 유아차도 있었다. 누구 유아차냐고 물어봤더니 내가 썼던 거라고 고모는 그랬다. 내가 한살 때 엄마가 교통사고를 당해서 다리가 부러졌는데, 그때 나를 할아버지 집에 맡겼다는 거였다. 처음 듣는 이야기였다. 엄마는 교통사고를 두번이나 당했구나. 나는 그런 생각을 했다. 고모는 자기 한 몸 건사하기도 힘든 시기였지만 나를보러 주말마다 내려왔다며, 그러니 나중에 자기한테 효도하라고 했다. 나는 고모한테 나도 내 한 몸 건사하기 힘든시기가 찾아올지도 모르니 그때 생각해보겠다고 대답했다. 유아차 의자에는 꼬마기차 장난감이 올려져 있었다. 기차 바퀴에 곰팡이가 피어 있었다. 나는 세제를 푼 물에 장난감을 한나절 담갔다가 칫솔로 구석구석을 닦았다. 바퀴는 모두 여덟개였는데 그중 하나가 다른 색이었다. 자세히 보니 그 바퀴만 조금 작기도 했다. 나는 바퀴 하나를 잃어버려 우는 나를 상상해보았다. 다른 장난감에서 바퀴를 빼서 장난감을 수리하는 할아버지도 그려보았다. 우는 나도, 장난감을 고치는 할아버지도, 잘 상상이 되지 않았다. 돌아가시기 전까지 할아버지는 늘 화가 나 있었다. 결혼 안 한 딸도 마음에 안 들었고 사업만 하면 실패를 하는 아들도 마음에 안 들었다. 나는 장난감 기차를 내 방 창틀에 올려두었다. 창틀이 레일처럼 보였다. 비가 그쳤고 창고를 부수었다. 학교에 갔다 오니 담장이 사라지고 새로 담을 쌓을 자리를 표시하는 선만 바닥에 그어져 있었다. 나는 양팔을 벌리고 그 선을 밟아가며 걸어보았다. 평행봉 선수가 되는 상상을 하기. 수학 선생님은 수업 전에 그 훈련을 시켰다. "자, 눈을 감자. 나는 평행봉 위에 서 있다. 조심조심. 한발짝씩 내디뎌보자." 평행봉 상상하기를 처음으로 한 날 선생님은 이렇게 말했다. 나중에 어른이 되어서 화가 나는 일이 생기면 꼭 평행봉 위를 걷는 상상을 먼저 하라고. 그걸 하고도 화가 나면 그때 화를 내라고. 선 위에 내 발자국이 찍혔다. 나는 날카로운 돌을 주워 더 선 명하게 선을 그었다.

　다음 날 아침 인부들이 트럭에서 자재를 내리는 모습을 보았다. 트럭이 진입로를 막아서 고모가 약간 짜증을 냈다. 하지만 현장소장이 다가와 인사를 하자 고모는 친절하게 말을 했다. 심지어 천천히 하라는 말까지 했다. "그래야 예쁘게 담을 쌓아줄 거 아냐. 옆집 담장이지만 그게 또 우리 집 담장도 되니까." 고모가 말했다. 고모는 아침마다 요가 학원에 가는데 가는 길에 학교가 있어 나는 고모 차를 얻어 타고 등교를 했다. 고모의 학원 시간 때문에 나는 늘 반에서 이등으로 등교를 했다. 일등은 언제나 진형이었다. 진형의 부모님은 빵집을 운영했는데 아침 일곱시에 문을 열었다. 진형은 부모님을 따라 여섯시 오십분에 빵집으로 출근한 다음 거기서 방금 만든 샌드위치를 먹었다. 그리고 등교를 하면 일곱시 십오분. 진형은 교실 불을 켜고 창문을 열고 환기를 했다. 내가 가면 우리는 같이 창문을 닫았다. 1교시가 수학이어서 평행봉 걷기 상상을 했다. 이상하게 집중이 잘되어서 진짜 평행봉을 걷는 것처럼 긴장이 되었다. 4교시가 끝나자 반 아이 한명이 우리 동네 공사 현장에서 아이의 시체가 나왔다는 이야기를 들려주었다. 자기 언니의 남자친구가 경찰인데 지금 현장에 나가는 길이라고. 그러면서 언니가 보내준 카톡을 우리에게 보여주었다. 왠지 그곳이 우리 집일 것 같아 심장이 두근거렸다. 급식으로 카레와 돈가스가 나왔다. 나는 카레는 싫어하고 돈가스는 좋아하는데, 우리 학교는 이 두가지가 늘 같이 나왔다. 급식에 이 메뉴가 나오면 진형은 사물함에 보관해둔 불닭소소를 꺼내 와 카레에 넣었다. 매운 것을 못 먹는 나는 카레에 돈가스소스 한 스푼과 불닭소스 반 스푼을 넣는 걸 제일 좋아했다. 하지만 오늘은 불닭소스를 한 스푼 반이나 넣었다. "무슨 일?" 진형이 물어서 나는 어깨를 으쓱했다. 코를 훌쩍거리며 카레를 먹다보니 심장이 두근거리는 증상이 사라졌다. 급식을 거의 다 먹을 즈음에 새 소식이 전달되었다. 시체가 나왔다는 건 오보였다고. 아기 인형이었다고. 그 말을 전해 들은 진형이 내게 말했다. "인형을 땅속에 묻다니. 뭔가 으스스하다." 나는 진형의 말에 고개를 끄덕였다. 그리고 아이스크림을 먹으러 가자고 했다. 매운 걸 먹었더니 달달한 게 먹고 싶었다. 아이스크림은 내가 샀다.

4

아기 인형은 네모난 나무상자 안에 들어 있었다. 마치 관처럼. 그걸 제일 먼저 발견한 인부는 처음에는 누군가 묻어둔 보물상자인 줄 알았다고 했다. 상자를 열었는데 가장 먼저 눈에 들어온 것은 구슬과 팽이였다. 그리고 삭아서 뼈대만 남은 연이 있었다. 얼레를 보고 그게 연이라는 걸 알았다고 했다. 그러면서 인부는 이렇게 덧붙였다. 거의 삼십년 만에 얼레라는 단어를 떠올렸다고. 어릴 때 아버지가 만들어준 얼레와 비슷해서 잠깐 눈물이 났다고. 그리고 얼레 아래로 아기 옷들이 보였다. 나뭇가지로 옷을 들춰보았는데 그 아래 작은 아기 발이 보였다. 인부는 너무 놀라 엉덩방아를 찧었다. 보물상자가 아니라 어린 아이의 관일지도 모른다는 생각이 들었고, 그래서 경찰에 신고를 하게 된 것이다. 이 사건은 지역 뉴스에 단신으로 보도되었다. 모자이크 처리된 아빠의 인터뷰 영상이 나왔다. 요약하면 이런 내용이었다. 초등학교 3학년 때 이사를 왔으니 할아버지가 이 집을 구입한 건 사십년 전이라고. 그때 이미 창고가 있었다고. 그러니 장난감과 아기 인형을 물은 사람이 누구인지 모른다고. 그리고 이어서 우리 마을에서 가장 나이가 많은 담배가게 할머니가 인터뷰를 했다. 지금은 담배를 팔지 않지만 예전에 버스 정류장 앞에서 담배가게를 운영해서 마을 사람들은 모두들 그 할머니를 담배가게 할머니라고 불렀다. 할머니는 말했다. "예전에 그 집에 살던 아이 하나가 실종되었지. 1975년이었어. 우리 첫 손자가 태어난 해라 내가 잊지도 못해. 한동네에서 애가 없어졌는데 우리 집 애 백일잔치를 할 수가 있나. 그래서 백일잔치를 안 했거든. 암튼, 애 엄마가 아이랑 낮잠을 잤다는데 일어나보니 아이만 없어진 거야. 그 애를 찾는다고 산이란 산은 다 뒤지고." 할머니의 인터뷰 이후 기자는 이렇게 뉴스를 마쳤다. 상자에 들어 있는 장난감들은 그 아이를 기리기 위한 것일지도 모른다고. 나무를 깎아 팽이와 얼레를 손수 만든 사람만이 그 진실을 알 거라고.

지역 뉴스가 방영되자마자 진형이 연락을 해왔다. 상자가 나온 구멍을 찍고 싶다는 거였다. "그걸 찍어서 뭐 하게?" 내가 묻자 진형은 유튜브에 올릴 거라고 했다. 그러면서 내게 링크를 하나 보내주었다. 들어가보니 조회 수가 13회밖에 되지 않은 영상이 하나 있었다. 영상은 진형네 가게 맞은편 쫄면집의 원조 싸움을 다루고 있었다. 거기에는 쫄면가게가 나란히 있었는데 그중 한 가게가 방송을 타면서 논쟁이 시작되었다. 방송에 나온 쫄면집 사장님이 자기네가 원조라고 말을 했기 때문이었다. 방송에 나온 후 옆 가게에서 플래카드를 걸었다. '여기가 진짜 원조.' 그랬더니 방송에 나온 가게에서도 플래카드를 걸었다. '여기가 정말로 진짜 원조.' 진형은 두 가게를 찾아가 인터뷰를 했다. 오른쪽 가게 사장은 원래 왼쪽 가게에서 쫄면을 팔았다고 했다. 거기서 주방 보조로 삼년을 보내고 주방장으로 구년을 보냈다고. 사장이 암에 걸려 시골로 요양을 떠난다며 가게를 자기에게 넘겨주었는데 건물 주인이 재계약을 해주지 않아 지금 가게로 이전을 한 거라고. 그러더니 건물 주인이 양심 없이 그 자리에 쫄면집을 차린 거라고. 왼쪽 가게 사장님은 다른 말을 했다. 자기가 건물 주인인 것은 맞지만 알려진 내용과 다르다고. 자신은 쫄면가게 사장에게 소스 레시피와 가게 이름을 돈을 주고 샀다고. 그렇게 가게를 이어받았으니 자기가 원조가 맞다고. 영상에서 진형은 이런 결론을 내렸다. 정확히 따지면 둘 다 원조가 아니라고. "원조인 쫄면가게 사장이 사기를 쳐서 두명에게 돈을 받고 이사를 간 것입니다. 그리

고 저는 두 집 모두 맛있어서 홀숫날은 왼쪽 집에 가고 짝
숫날은 오른쪽 집에 갑니다." 나는 영상을 본 뒤 그거랑
우리 집 땅에서 상자를 발견한 거랑 무슨 관계가 있느냐
는 메시지를 보냈다. 그랬더니 자기 채널의 이름을 보라
는 답이 왔다. '어설픈 코난.' 무엇이든 주변에서 일어나
는 궁금한 일을 다루는 채널이라고 했다. 나는 공사 현장
에서 발견된 인형을 궁금해할 사람은 많지 않을 거라고
답했다. 하지만 영상을 찍고 싶다면 일찍 와야 할 거라고,
내일 공사가 아침부터 시작될 거라고, 그러면 구멍도 메
워질 거라고 덧붙였다.

다음 날 아침 일찍 진형이 우리 집으로 왔다. 인부들이
구멍을 메우기 전에 진형이 우리 집 마당과 옆집 마당을
영상으로 찍었다. 아빠가 간장달걀밥을 해주었다. 나는
아빠와 고모에게 진형의 유튜브 채널을 보여주었다. 고
모는 명탐정 코난도 아니고 어설픈 코난이 뭐냐고 물었
다. "아직 제가 실력이 없어서요. 나중에 큰 사건 하나 해
결하면 채널 이름을 바꿀 거예요." 며칠 후 진형이 유튜
브에 우리 집 사건 영상을 올렸다. 나는 고모네 가게로 가
서 고모랑 아빠랑 같이 영상을 보았다. 진형은 아기 인형

에 주목했다. 1970년대에 그런 인형은 아주 비쌌다고. 더군다나 시골에서는 구하기도 쉽지 않았다고. 그러면서 진형은 추측했다. 아이의 실종에 관련된 사람이 죄책감으로 그런 인형을 사서 넣어두었을 거라고. 고모가 아이 부모는 가난했어도 돈이 많은 이모나 삼촌이 있었을 수도 있다고 했다. 그러자 옆에서 아빠가 거들었다. 돈이 많지 않더라도 조카에게 그런 선물을 해줄 삼촌들은 많을 거라고. "장난감들을 자세히 보세요. 조금 이상하지 않아요?" 진형은 말했다. 팽이나 구슬은 남자아이의 장난감일 확률이 크다고. 게다가 갓난아이가 가지고 놀기에는 적절하지 않다고. 그것과 아기 인형이 같은 아이의 장난감이라고 생각되지는 않는다고 진형은 말했다. 진형은 아이를 유괴한 사람들에게 아이가 있었을 거라고 추측했다. 다섯살쯤 되는 남자아이. 그 아이가 어떤 사연으로 죽자 그 슬픔을 견디지 못한 부부가 다른 아이를 훔친 것이다. 팽이랑 연 그리고 구슬은 죽은 남자아이의 장난감일 거라고. 부모에 대한 죄책감으로 아주 비싼 인형을 사 묻어둔 거라고. 영상에 누군가 댓글을 달았다. 상자 속 물건들이 하나도 썩지 않은 게 이상하다고. 조작된 거 아니냐고. 그 댓글에 진형이 댓글을 달았다. 간절한 마음이 때론 기적을 만들기

도 한다고. 지나치게 진지한 답변이라 조금 웃겼다. 하지
만 나는 진형의 편이어야 할 것 같아서 거기에 다시 댓글
을 달았다. 세상에는 설명할 수 없는 일들이 일어나요.

5

나는 지구에게 진형의 유튜브 링크를 보내주었다. 지
구는 영상을 보더니 죽은 아이의 장난감을 유괴한 아이
의 집 마당에 묻어둔다는 게 말이 안 되는 것 같다고 했
다. "복잡하게 생각할 거 없어. 아이를 잃어버린 부모님이
이사를 가면서 남긴 거라니까. 유괴당한 아이에게 오빠가
있었을 수도 있잖아." 그러면서 지구는 그걸 묻은 부모는
언젠가 다시 찾아오려 했을 거라고, 하지만 누군가 창고
를 지었고 그래서 영원히 잊힌 타임캡슐이 되었다고 추측
을 했다. 한참 후에 지구가 다시 메시지를 보내왔다. "우
리도 하자. 우리도." 그래서 내가 뭘 하냐고 물었더니 타
임캡슐이라는 답이 왔다. "그래그래." 나는 고개를 끄떡
이는 이모티콘을 보냈다. 나는 진형에게 지구의 의견을
전해주었다. 타임캡슐을 묻으러 여름방학 때 우리 집에

놀러 올 예정인데 그때 소개해주겠다는 말도 했다. 그랬더니 진형이 자기 이모의 이야기를 해주었다. 진형의 이모는 고등학교 졸업식 날 단짝 친구들과 타임캡슐을 묻었다고 한다. 마흔살이 되던 해에 다시 만나 캡슐을 개봉하자고 약속했는데 지금까지 개봉을 하지 못했다. "묻은 곳을 잊었대?" 내가 묻자 진형은 고개를 흔들었다. "그건 아니고, 조금 슬픈 이야기인데 한 친구는 교통사고로 죽고 한 친구는 이민을 갔고 한 친구는 절교를 했대." 그러면서 진형은 미래를 약속하는 일 따위는 하고 싶지 않다고 했다. 잊힌 타임캡슐은 너무 슬프다는 진형의 말을 듣다보니 재미있는 생각이 떠올랐다. 그래서 나는 진형에게 잊힌 타임캡슐을 찾아보자고 제안했다. 그걸 유튜브에 올려보자고. 진형이 한참 생각하더니 그건 코난이랑 안 어울릴 것 같다고 말했다. "넌 진짜 코난도 아니잖아. 그리고 뭐든 비밀을 파헤치다보면 코난이 될 수도 있는 거지. 여름방학 때 해보자." 내 말에 진형이 콜, 하고 대답했다.

우리는 중고거래 사이트에서 금속탐지기를 샀다. 나무 아래나 축구장 골대 아래 같은 곳에 묻어두었을 확률이 크다는 진형의 의견에 따라 우리 학교 농구장 골대부터 시작을 했다. 세시간 동안 학교 운동장을 뒤졌는데 찾은 것은 병뚜껑과 동전 몇개가 전부였다. 소리가 나서 파보면 아무것도 없는 경우가 더 많았다. 그때마다 싼 걸 사서 그런 거라고 진형이 투덜댔다. 학교 정문을 나서는데 문득 교문 오른쪽에 있는 벚나무가 눈에 띄었다. 금속탐지기를 대보니 나무에서 일 미터 정도 떨어진 곳에서 삐삐 소리가 났다. 우리는 탐지기를 내려놓고 호미로 땅을 팠다. 노란색 레모나 깡통이 나왔다. "있네. 있어." 진형이 소리를 질렀다. 깡통을 열었더니 글자가 거의 다 지워진 쪽지들이 있었다. 종이가 축축했다. 우리는 진형이네 집에 가서 쪽지를 빨랫줄에 널었다. 그리고 바람에 흔들리는 종이를 영상으로 찍었다. 고모에게 레모나 깡통 영상을 보여주었더니 학교 교문 앞에 있는 벚나무가 오래전에 쓰러진 적이 있었다는 이야기를 해주었다. "태풍에 쓰러졌거든. 다행히 뿌리가 훼손되지 않아서 다시 심었다는데 삼년이나 꽃을 피우지 않았어. 그러다가 다시 꽃이 피자 인근에서 다 구경을 왔어. 뉴스에도 나왔다니까." 고모는 그때 벚나무 아래에서 반 아이들과 단체 사진도 찍었다고 했다. 당시에 고모는 고등학교 3학년이었다. "아마 그때 아닐까? 너도 나도 대학 잘 가게 해달라고 벚나무를 보며 기도했다니까." 진형은 고모가 해준 이야기를 덧붙여 영상을 만들었다. 우리는 글자가 다 지워진 쪽지들을 레모나 깡통에 다시 넣었다. 그리고 소원이 모두 이루어졌기를,이라고 적은 쪽지도 한장 더 넣었다. 그걸 다시 나무 아래 묻는 장면이 영상의 마지막이었다.

우리는 사흘에 한번씩 만나 땅을 뒤졌다. 진형이 졸업한 중학교에서는 화단에 묻힌 안경을 발견했다. 알은 깨져 있었다. 진형이 안경테를 보관해두었다가 올겨울에 눈사람을 만들게 되면 거기에 씌워주겠다고 했다. 그래서 나는 그러면 다른 물건들도 하나씩 보관해두자고 했다. "종류별로 하나씩. 가장 예쁜 병뚜껑, 가장 오래된 동전, 그걸로 눈도 만들고 입도 만들고 배꼽도 만들고." 우리는 그 영상을 크리스마스이브에 올리기로 했다. 두번째 타임캡슐은 폐교가 된 초등학교에서 찾았다. 이번에는 고려은단 비타민C 깡통이었다. "타임캡슐을 비타민 상자에 담아야 한다는 규칙이 있나봐." 내가 말했다. 깡통을 열어보니 알록달록한 편지들이 들어 있었다. 우리는 벤치에 앉아서 편지를 읽어보았다. 십년 후의 자신에게 보내는 편지였는데, 초등학교가 폐교가 되던 해의 마지막 졸업생들이 묻어둔 거였다. 연도를 따져보니 사년밖에 지나지 않았다. "이건 다시 묻자." 진형이 말했다. "이건 잊힌 캡슐이 아니니까." 나도 동의했다. 나는 비닐을 가져와서 다시 포장을 해주자고 했다. 안 그러면 지난번에 발견한 캡슐처럼 물에 젖을 거라고. 사연들이 다 지워질 거라고. 하지만 진형의 의견은 달랐다. 진형은 처음 그대로 두어야 한다고 했다. "지워질 수도 있고 안 지워질 수도 있지. 그게 이 캡슐의 운명이야." 우리는 쌍쌍바를 사서 반으로 가른 다음 더 많은 쪽을 차지한 사람의 의견을 따르기로 했다. 그건 진형의 부모님이 연애하던 시절에 자주 쓰던 방법이었다. 먹고 싶은 음식이 다를 때. 보고 싶은 영화가 다를 때. 진형의 이름도 그렇게 정해졌다. 우리는 편의점에 가서 쌍쌍바를 샀다. 내가 왼쪽 막대를 잡고 진형이 오른쪽 막대를 잡았다. 하나 둘 셋. 우리는 막대를 잡아당겼다. 진형이 기역자 모양으로 잘린 쌍쌍바를 들고 웃었다. "오늘도 내가 승." 나는 쌍쌍바 내기에서 한번도 진형을 이긴 적이 없었다. 우리는 비타민 깡통을 다시 화단에 묻었다. "혹시 모르니 십년 후에 와보자. 그때도 여기 있는지." "응. 그러자." 화단에서 예쁜 유리 조각을 발견했다.

　진형이 부산에 사는 이모네 집에 가 있는 동안 나 혼자 금속탐지기를 가지고 놀았다. 처음에는 우리 집 마당. 허리띠 버클을 발견했다. 군용이라고 쓰여 있었다. 아빠에게 보여줬더니 허리띠를 자세히 들여다보고는 맞다 맞다 하고 말했다. "여기 봐. H S라고 새겨진 거. 원래 이렇게 새겨져 있었거든. 그래서 아빠가 여기 가운데 M자를 새겼지." 자세히 보니까 H S 사이에 희미하게 M자가 보였다. 못 같은 것으로 긁어서 새긴 듯 보였다. H M S. 아빠 이니셜이 새겨진 허리띠 버클을 찍어서 진형에게 보냈다. 이건 눈사람의 허리띠가 될 것이었다. 금속탐지기를 가지고 동네를 돌아다니는 모습을 보던 할머니들이 뭘 하냐고 물어서 나는 보물을 찾으러 다닌다고 말했다. 그랬더니 할머니 두분이 자기네 집 마당에도 뭐가 있는지 찾아봐달라고 했다. 앞집 할머니네 마당에서는 시계를 발견했다. "아이고아이고." 할머니는 시계를 보고는 눈물을 흘렸다. 큰아들이 첫 월급을 탔을 때 사준 거라고 했다. "우리 손주 줘야겠어. 아빠의 유품이라고 하면 얼마나 좋아할까." 마당에 큰 정자가 있는 할머니네 집에서는 열쇠를 발견했다. 텃밭에서 두개. 대문 아래에서 한개. 정자 아래에서 세개. 그리고 감나무 아래에서 네개. 열쇠를 찾아낼 때마다 할머니는 어리둥절해했다. "도둑이 그랬나? 아냐. 도둑이 그럴 리가 없지. 예전에 저 윗집에 무당이 살았는데 그 여자가 그랬나? 아냐. 아냐. 그 여자가 뭐 하러." 할머니가 정자에 앉아서 혼잣말을 하듯 중얼거렸다. 뭔가 내가 잘 못한 것 같아 인사도 없이 할머니네 집을 나왔다. 다음 날 할머니가 수박 한통을 들고 찾아왔다. 할머니는 웃으면서 열쇠를 땅에 묻은 범인을 찾았다고 말했다. "우리 손녀가 범인이여. 걔가 어릴 때 그렇게 물건을 숨겼다네. 우리 딸한테 물어보니까 자기네 집 열쇠도 화분 속에서 찾은 적이 있다고 하더라고." 나는 할머니와 함께 수박을 먹었다. 그러면서 열쇠 도둑인 손녀가 지금은 경찰이 되었다는 이야기를 들었다. 나는 수박씨를 마당에 뱉었다. 할머니는 수박씨를 뱉지 않고 다 삼켰다. "니네 고모가 기하 마빡을 깬 건 들었지?" 할머니가 말했다. "기하 아저씨가 고모한테 누나라고 안 불러서 그랬대요." 내 말에 할머니가 그게 아닐걸 하며 웃었다. 마치 비밀을 알고 있는 사람처럼. 할머니가 데리고 온 강아지에게 수박 한조각을 주었다. 나도 강아지에게 수박 한조각을 주었다. "내가 이십년 전에 금반지를 잃어버렸거든. 그것도 손녀가 숨긴 것 같아. 찾아주면 비밀 이야기 해줄게." 그렇게 말하며 할머니가 일어났다. 할머니가 일어나자 강아지가 대문 쪽으로 달려갔

다. 나는 금속탐지기를 꺼내 할머니를 따라갔다. 반지는
해가 질 무렵에야 찾았다. 뒤뜰에 있는 장독대 근처에서
발견했다. 할머니의 반지는 장난감 반지와 같이 묻혀 있
었다. 토끼 반지, 곰돌이 반지, 보석 반지, 장미 반지, 딸기
반지 등등. "우리 손녀는 이걸 묻으면서 무슨 소원을 빌었
을까?" 할머니가 흙 묻은 반지를 씻으면서 말했다. 그리
고 장독대 뚜껑에 반지들을 올려놓았다. 나는 그 장면을
영상으로 찍었다. "아이고. 꽃 같다." 할머니가 말했다. 나
는 장미 반지 하나를 훔쳤다. 나중에 눈사람의 배꼽을 만
들어줘야지.

6

　타임캡슐 영상에 댓글이 달리기 시작했다. 캡슐을 묻은
졸업생들이었다. 고모의 짐작대로 타임캡슐은 벚나무가
다시 꽃을 피웠던 그해에 묻었다. 하지만 재학생은 아니
었다. 졸업생들이 꽃소식을 듣고 동창회를 했다고 한다.
치킨집에서 맥주를 마시다 누군가 소원을 하나씩 써서 나
무 아래에 묻어두자고 했고 그래서 그날 밤에 캡슐을 묻

었다고. 또다른 댓글에는 이런 사연이 적혀 있었다. 깡통을 구할 수 없어서 약국에 가서 레모나를 한 박스 샀다고. 그래서 소원을 적은 깡통을 묻은 다음에 빙 둘러 서서 레모나를 한포씩 먹은 기억이 난다고. 그날 취해서 어떤 소원을 적었는지 기억나지 않는다는 댓글도 있었다. 재수를 하던 시절이라 원하는 대학에 가게 해달라고 적었다는 사람도 있었다. 원하는 대학에 가게 되어서 아직까지 잊지 않고 있다고. 부모님 식당이 잘되어서 나중에 그걸 물려받게 해달라는 소원을 적었다는 사람도 있었다. 지금 식당을 세개나 운영하고 있다고 했다. 그러면서 이렇게 적었다. '내가 쏠게. 우리 식당에서 동창회를 하자.' 우리에게 타임캡슐을 찾아달라고 의뢰하는 댓글도 있었다. 초등학교를 졸업하던 해에 친구들과 학교 뒷산에 상자 하나를 묻었는데 까맣게 잊고 있었다는 사연이었다. 우리 영상을 보고 이제야 떠올랐다는 거였다. 연락이 닿는 친구들에게 물어봤는데 정확한 위치를 기억하는 사람이 없다고. 자기는 미국에 살아서 한국에 갈 수 없으니 우리보고 대신 찾아서 영상을 만들어달라고. 우리는 미안하다는 답을 달았다. 운전을 할 줄 몰라 먼 곳까지 갈 수 없다고.

배롱나무가 드디어 도착했다. 인부들이 땅을 파는 것을

보고 나는 꼬마기차 장난감을 가지고 나왔다. 그리고 잠시 기도를 한 뒤 구멍 안으로 장난감을 던졌다. "그게 뭐예요?" 뒤에서 누군가 물었다. 뒤돌아보니 키가 아주 큰 남자가 서 있었다. 이마를 보자마자 그 사람이 기하 아저씨라는 것을 알아차렸다. "비밀이에요." 내가 말했다. 해리 포터처럼 이마에 번개 모양의 흉터가 있었다. 나는 이렇게 큰 나무가 올 줄 몰랐다고 말했다. "저는 제 키만 한 묘목을 생각했거든요." 기하 아저씨가 배롱나무 가지를 만지면서 말했다. "그늘. 그래, 그늘. 그게 생겨야 진정 나무지." 나도 기하 아저씨를 따라 그늘,이라고 말해보았다. 그랬더니 생전 처음 듣는 단어처럼 낯설게 느껴졌다. 나는 기하 아저씨에게 게르는 언제 설치해주냐고 물었다. 그랬더니 지금 오고 있는 중이라며 나무를 심은 다음에 설치해준다고 말했다. "그럼 이제 취소는 못하네요." 그렇다고 기하 아저씨가 말하자 나는 사실 사과는 고모가 한 게 아니라 내가 한 거라고 고백했다. "죄송합니다." 기하 아저씨가 이마에 난 흉터를 손가락으로 긁더니 한참 후에 말을 했다. "음. 그럼 한번만 게르에서 잘 수 있게 해줄래요? 그러면 용서해줄게." 나는 원하면 10회 숙박 쿠폰을 만들어줄 수도 있다고 했다. "하하하." 내 말에 기하 아저씨가 기분 좋게 웃었다. "나도 고백을 하나 하자면, 사실 딱히 사과를 받을 생각이 없었어요. 내가 잘못하기도 했고." 나는 기하 아저씨에게 고모에게 이마를 맞은 날 무슨 일이 있었는지 말해주면 나무 아래에 묻은 게 무엇인지 말해주겠다고 했다. 기하 아저씨가 조금 망설이더니 말을 했다. 중학생 때 고모는 배구 선수였다. 아주 잠깐. 운동신경이 좋은 편은 아니어서 주전은 되지 못하고 후보에 머물렀다. 그러다 전국배구대회 예선전에서 교체 선수로 나갈 기회를 잡게 되었다. 그리고 첫 서브에서 같은 팀 선배의 뒤통수를 맞혔다. "그러고 바로 교체되었지. 내가 그걸 놀렸거든." 그 말 끝에 기하 아저씨는 이십대 후반에 사업을 하다 크게 실패를 해서 죽으려던 적이 있었다고 덧붙였다. 빚이 불어나고 불어나 도저히 갚을 수 없을 정도가 되었다고. 죽기 전에 맛있는 밥이나 먹자는 생각에 혼자 고깃집에 갔다. 식사 시간이 아니어서 손님이 한명도 없었는데, 가게 주인이 홀에 앉아서 배구 경기를 보고 있었다. 삼겹살 이인분을 주문하고 음식을 기다리는 동안 기하 아저씨도 배구 경기를 보았다. 어느 선수가 서브를 넣기 위해 교체 선수로 들어갔는데 그만 같은 팀 선수의 뒤통수를 맞히고 말았다. 뒤통수를 맞은 선수가 바닥에 주저앉아 한동안 일어나지 못했다. "그걸 보는데 갑자기 네 고모가 생각났어. 이마의 흉터를 만져봤는데 이상하게 용기가 나더라. 그래서 재기할 수 있었어." 나는 기하 아저씨에게 사업만 하면 실패하는 우리 아빠에게 흉터를 한번만 만질 수 있는 기회를 달라고 부탁했다. 기하 아저씨가 그렇게 해주겠다고 했다. 그러면서 우리 아빠가 백 미터 달리기를 그렇게 잘했다고 했다. "나는 달리기를 못해요. 아마 그건 우리 엄마를 닮았나봐요." 그랬더니 기하 아저씨가 우리 고모도 달리기를 못했다고 알려주었다. 고모가 배구부에 들어가게 된 것은 점프를 잘해서였다. 기하 아저씨의 이야기를 듣다보니 금반지를 찾아주고 정자 할머니에게 비밀 이야기를 묻지 않았다는 사실이 떠올랐다. 하지만 몰라도 괜찮을 것 같았다. 그사이 게르가 도착했다. 게르를 설치하면 뭘 할 거냐고 물어서 나는 지구와 진형을 초대할 거라고 말해주었다. 나는 지구의 성이 봉이라서 별명이 지구본이라는 것과 진형의 별명이 코난이라는 것도 말해주었다. 기하 아저씨가 진형의 유튜브를 구독해주었다. "궁금한 게 하나 있는데. 어째서 고모는 꽈배기 장사를 하게 되었어요?" 기하 아저씨가 물었다. "인생이 자꾸 꼬여서 그랬대요. 그럴 바에는 꽈배기나 꼬면서 사는 게 낫겠다는 생각이 들었대요. 참, 생일이 언제예요? 생일날 고모네 가게에 가면 열번 꼬아서 튀긴 기다란 꽈배기를 해줘요. 꼭 가서 먹어봐요." 내 말에 기하 아저씨가 다음 주가 생일이니 꼭 가보겠다고 대답했다.

느리게 가는 마음

1

배구 선수 출신인 체육 선생님은 어떤 운동을 하든지 이십분 이상 스트레칭을 시켰다. 수업 첫날은 사십오분 내내 스트레칭만 하기도 했다. 아이들이 투덜거리자 선생님은 지금부터 매일 스트레칭만 해도 오십대에는 다른 삶을 살 수 있을 거라고 말했다. 그 말에 누군가 선생님도 아직 오십대가 아닌데 어떻게 아느냐고 물었다.

"선생님 아버지가 그랬어. 지금은 육십대거든."

선생님이 졸업한 초등학교 배구부는 오전 일곱시에 운동을 시작했다고 한다. 선생님의 아버지는 매일 아침 아들을 학교에 데려다준 다음 벤치에 앉아 강당에서 들려오는 구령 소리를 들었다. 출근까지는 시간이 많이 남아 있었기 때문이었다. 하루는 구령 소리에 맞춰 스트레칭을 해보았다. 그리고 출근을 했더니 오늘 좋은 일이 있나봐요,라는 인사말을 여러번 들었다.

"그래서 그 이후로 지금까지 매일 스트레칭을 하신다. 하루도 안 빠지고."

그 이야기의 결론은 이랬다. 마흔아홉살에 해고를 당한 선생님의 아버지는 화가 나서 밤새도록 술을 마셨다. 그리고 새벽에 해가 뜨는 걸 보면서 늘 그랬듯이 스트레칭을 했는데, 하다보니 분노가 사라지고 뭐든 새로 시작할 수 있을 것 같은 자신감이 생겨났다. 그래서 어린 시절 꿈꾸었던 장래 희망들을 노트에 적기 시작했다. 죽기 전에 하나씩 실천해보자는 마음으로. 지금은 만물 트럭을 몰고 시골 마을을 돌아다니는 중이라고 한다.

암튼 그런 이유로 체육 수업을 시작한 지 넉달 만에 대부분의 아이들이 허리를 숙였을 때 손바닥이 땅에 닿을 정도로 유연한 몸을 가지게 되었다.

앉아서 다리와 상체를 반대로 비트는 동작을 하고 있는데 갑자기 하늘이 어두워졌다. 멀리서 먹구름이 몰려오는 게 보였다. 빗방울 하나가 이마 위로 똑 떨어졌다.

"뛰어!"

선생님이 소리쳤다. 반 아이들이 구령대까지 뛰었다.

"휴, 아슬아슬했다."

선생님 말이 끝나자마자 번개가 번쩍했다. 곧이어 천둥소리가 나고 비가 요란하게 쏟아지기 시작했다. 우리는 둘씩 짝을 지어 서로의 체육복에 묻은 흙을 털어주었다. 운동장 모래가 빗줄기에 파이고, 구령대 홈통에서 물이 콸콸 쏟아졌다.

선생님이 호루라기를 불었다. 그 소리에 아이들이 고개를 돌려 선생님을 보았다. 호루라기 부는 게 좋아서 체육 선생님이 되었다는 선생님은 호루라기를 수십개 가지고 있었다. 학교에서 전자 호루라기를 지급했지만 선생님은 입으로 부는 호루라기만 썼다. 수업 시작 전에 호루라기를 고르고 수업이 끝나면 호루라기를 소독하는 게 선생님의 가장 큰 행복이라는 것이다. 오늘은 보라색 호루라기였다.

"스트레칭을 다 못했으니 마저 하자. 목운동 시작!"

몇몇 아이들이 구령대가 너무 좁다고 구시렁거렸다. 거북목 방지 운동은 총 다섯가지로 이루어져 있다. 체육 선생님은 모든 수업 전에 오분씩 목운동을 하자고 교장 선생님에게 건의했지만 받아들여지지 않았다. 하지만 남편이 목디스크로 고생하고 있는 영어 선생님과 하루에 영양제를 열알이나 먹을 정도로 건강에 관심이 많은 물리 선생님은 체육 선생님에게 자신들 수업에서라도 목운동을 하겠다고 말했다. 그래서 체육과 영어와 물리가 하루에 다 있는 금요일은 세번이나 목운동을 해야 했다. 오늘이 그날이었다.

"선생님. 거북목 방지 운동은 앞 시간에도 했어요. 이따 물리 수업도 있어요."

반장이 말했다.

"그래? 그럼 비 그칠 때까지 뭐 할까?"

선생님의 말에 우리는 이구동성으로 대답했다.

"얘기해요. 얘기요."

체육 선생님이 팔짱을 끼고 한참을 생각하더니 말했다.

"그럼 오늘은 마라톤 시합 도중 설사가 나올 것 같으면 어떻게 할 건지 얘기해볼까? 화장실에 가려면 왔던 길을 한참 되돌아가야 해."

대부분 당연히 화장실에 가야 한다고 말했다. 근처 풀숲이나 나무 뒤에 가서라도 누어야 한다고 말하는 아이들도 있었다. 이번 토론은 하나 마나였다. 누가 달리는 도중 똥을 싼단 말인가. 지난번에는 야구 시합에서 5할을 넘게 치는 타자가 나온다면 그 타자에게 볼넷을 주는 게 나은지 홈런을 맞더라도 승부하는 게 나은지에 대해 이야기를 나눴는데 생각보다 볼넷을 주겠다는 아이들이 많아 흥미진진한 토론이 되었다. 나는 처음에는 홈런을 맞더라도 정면 승부를 하자는 쪽이었는데, 한 아이의 말에 마음이 바뀌었다. 자기 공에 자신 있는 투수라면 볼넷을 줄 것이라고. 다음 타자를 삼진시킬 자신만 있다면 나보다 센 사람에게 볼넷을 주는 건 부끄러운 게 아니라고.

현민이가 손을 들어 말했다.

"지금처럼 비가 쏟아지는 날이라면 저는 똥을 싸면서 달릴 수 있을 것 같아요."

현민이는 체육대회 날이면 늘 계주의 마지막 주자를 담당했는데, 한번도 일등을 놓친 적이 없었다.

선생님이 고개를 저었다. 날도 좋고 관중도 많고 심지어 텔레비전 중계도 되고 있다고.

"그럼 절대 못하죠!"

현민이가 다시 말했다.

그때 내 뒤에서 누군가 나지막하게 말했다.

"난 할 수 있을 것 같아."

뒤돌아보니 선우였다. 선우가 말을 하자 반 아이들 모두 놀랐다. 선우는 워낙 말이 없어서 별명이 '한단어'였다. 우리가 말을 걸면 웃으며 고개를 끄떡일 뿐이었다. 응. 그래. 알았어. 아니. 싫어. 어쩌다 말을 해도 딱 한 단어만 말해서 별명이 '한단어'가 되었다. 선우와 초등학교 6학년 때 같은 반이었던 민혁이에 의하면 수다쟁이는 아니지만 그래도 곧잘 말을 하던 아이였다고 한다. 지난 겨울방학 때 아버지가 돌아가셨는데 그 이후 말수가 줄었다는 거였다.

올봄에 나는 마카롱을 사러 옆 동네에 갔다가 선우를 본 적이 있었다. 인기가 많은 가게라 줄이 길었다. 나는 맛집을 찾아다니는 것도 질색이었고 줄을 서서 기다리는 것은 더더욱 질색이었지만 엄마가 그 집 마카롱을 좋아했다. 그날 줄 앞쪽에 선우가 동생으로 보이는 아이의 손을 잡고 있었다. 선우는 동생에게 무어라 말을 했다. 그 말에 동생이 웃었다. 동생이 또 선우에게 무어라 말을 했다. 그 말에 선우가 웃었다. 동생과 수다를 떠는 선우를 보면서 나는 생각했다. 다행이다. 동생이 있어 다행이다.

선생님은 선우가 말을 했다는 사실에 놀라지 않았다. 그 대신 선우 쪽으로 걸어가 선우에게 물었다.

"평생 똥싸개라는 놀림을 받을지도 모르는데?"

"그래도요. 달리기로 했으니까요."

선우가 그렇게 말하고는 씨익 웃었다.

"화장실에 갔다 와서 다시 달릴 수도 있잖아."

선생님의 말에 선우는 바로 대답하지 않았다. 선우가 대답을 할 때까지 아무도 입을 열지 않았다.

"저는요, 중간에 멈추면, 다시 못 뛸 것 같아요."

한참 만에 선우가 다시 말했다.

"참고로 말이다, 선생님은 달리면서 오줌을 싼 적이 있단다. 지금도 후회는 안 하지만 창피해서 누구한테도 말을 못했어."

선생님이 고백을 했다. 선생님이 처음으로 참여한 마라톤 대회였다고 한다. 긴장한 나머지 중간에 나눠주는 물을 모두 마시며 뛰었더니 결승선을 앞두고 더는 오줌을 참을 수 없을 정도가 되었고, 그래서 달리면서 오줌을 누었다고.

"결승선을 통과한 다음 제일 먼저 뭘 했는지 알아? 생수 한통을 몸에 들이부었지."

그렇게 말하고 선생님이 웃었다.

몇몇 아이들이 오줌이라면 쌀 수도 있을 것 같다고 떠들었다. 의외로 기분이 좋을지 모른다는 아이들도 있었다. 선우는 다시 입을 닫았다. 아무리 그래도 나는 그럴 수 없을 것 같았다. 간절한 소원을 품고 달리면 할 수 있을까? 상상을 하고 또 해보았다. 그럴수록 잘 모르겠다는 생각만 들었다.

또다시 천둥소리가 크게 들렸다. 비가 잠잠해지는 것 같더니 다시 세차게 쏟아졌다. 갑자기 등줄기가 서늘했다. 목구멍도 간질간질했다. 그게 찾아오겠군. 나는 생각했다.

2

집에 오는 길에 낙지죽을 포장했다. 그걸 냉장고에 넣어두고, 어제 아빠가 해놓은 카레를 꺼내 밥을 두공기 먹었다. 편도가 붓기 전에 잔뜩 먹어두어야 했다. 장마가 시작될 무렵이나 첫눈이 내릴 무렵이면 나는 몸살을 크게 앓곤 했다. 일년에 두번 앓을 때도 있고 한번만 앓을 때도 있었다. 보리차도 끓여 보온병에 담아두었다. 아빠는 퇴근 후 곧장 병원으로 갈 거라며 전화를 했다. 나는 내일 토요일이니 내 걱정 말고 엄마 옆에 있으라고 말했다. 벌써 저녁밥도 먹고 설거지도 해두었다고. 아빠가 착하다고 했다. 나는 몸살이 올 것 같다는 말은 하지 않았다.

새벽에 열이 오르기 시작했다. 토요일 오전에 간신히 일어나 땀에 젖은 속옷을 갈아입고 보리차를 두 컵 마셨다. 그러고 다시 잠이 들었다. 꿈을 꾸었다. 나는 유치원생이 되어 있었다. 유치원생인 나는 젓가락으로 콩 옮기기 대회에 나갔다. 반 대항전이었다. 나는 새싹반. 네명의 아이들이 나란히 앉았고, 내가 세번째 주자였다. 오른쪽 아이가 내 접시에 검은콩을 옮겨놓으면 나는 그걸 왼쪽 아이의 접시로 옮겼다. 네번째 콩까지는 수월했다. 다섯번째 콩을 옮기다 기침이 났다. 한번 시작한 기침은 멈추지 않았고 나는 자꾸 콩을 떨어뜨렸다. 너 때문에 졌잖아, 하고 아이들이 말했다. 나 때문에 졌어, 하고 나는 울었다. 아무도 우는 나를 달래주지 않았다.

꿈에서 깨니 이마에 차가운 수건이 올려져 있었다. 방문을 열고 나갔더니 막내이모가 소파에 앉아 졸고 있었다. 나는 이모를 흔들어 깨웠다. 이모가 나를 보자마자 이마에 손을 대었다.

"아직도 열이 있네."

나도 이마에 손을 대보았다.

"조금 내렸어."

목이 부어 침도 삼키기 힘들었지만 억지로 죽을 먹었다.

"오전에 병문안 갔는데 언니가 너 밥 걱정을 하도 해서. 혼자 있는 우리 조카 맛있는 거 해주려고 왔어. 아프면 이모한테라도 연락해야지."

"이모 요리 못하잖아. 그래서 안 불렀어."

엄마가 항암치료를 받으러 처음 입원했을 때 이모가 우리 집에 와 있었다. 이모는 정체 모를 요리들을 해주었고, 나는 밥을 먹기 전에 아파트 단지를 한바퀴 뛰었다. 그렇게 땀을 흘려놔야 이모 음식이 조금이나마 먹을 만했기 때문이었다.

약을 먹으니 다시 졸렸다. 잠결에 이모가 차가운 수건으로 이마를 닦아주는 것을 몇번이나 느꼈다. 콩 옮기기 대회 꿈을 다시 꾼다면 이번에는 일등을 하리라고 생각했는데 꿈을 꾸지 않았다. 일요일 아침에 이모가 나를 깨워 억지로 주스를 마시게 했다. 그러고 다시 까무룩. 오후가 되어서야 기운을 차릴 수 있었다.

"이제, 배고파."

내 말에 이모가 치킨을 주문했다. 나는 샤워를 했고 그 사이 이모는 달걀찜을 했다. 나는 뚝배기 달걀찜을 좋아하는데 이모는 그건 할 줄 모른다며 전자레인지로 달걀찜을 했다. 몸살을 앓고 나면 나는 매운 바비큐치킨을 먹는다. 닭 한마리를 다 먹은 다음 소스에 밥을 비벼 달걀찜과 같이 먹으니 배가 불룩 튀어나왔다. 달걀찜은 덜 익었지만 먹을 만했다. 배를 두드리며 잘 먹었다고 중얼거리고 나자 몸살기가 싹 사라지는 기분이 들었다.

"이모, 그런데 몸살을 앓고 난 다음 씻으면 이상하게 때가 많이 나오는 것 같아. 왜 그러지?"

"글쎄, 모르겠네. 땀을 많이 흘려서 그런가?"

"운동할 때는 안 그러는데."

"땀이 다르니까."

"다른가?"

"응. 다르지."

그렇게 이야기를 주고받다가 나는 이모한테 땀구멍 남자친구는 잘 있느냐고 물었다. 땀을 아주 많이 흘려서 만날 때마다 늘 겨드랑이가 젖어 있었기 때문에 나는 이모의 남자친구를 땀구멍이라고 불렀다.

"몰라. 잘 있겠지."

"헤어졌어?"

이모가 대답 대신 고개를 끄떡였다. 나는 땀구멍이 마음에 안 들었다고 말해주었다. 이모처럼 요리를 못하는 사람은 아무거나 잘 먹는 남자랑 사귀어야 한다고. 내 말에 이모는 사실 땀구멍이 요리를 잘했다고 말했다. 헤어진 다음에도 땀구멍이 해주었던 음식들이 자꾸 생각날 정도로. 그러다 갑자기 이모가 소파에서 펄떡 일어났다.

"앗, 우체통. 큰일 났어. 큰일 났어."

우체통이라니. 이모는 설명도 없이 큰일 났다는 말만 반복했다. 하필이면 그 순간 텔레비전에서 어떤 개그맨이 난리 났네 난리 났어,라고 말했다. 나는 개그맨이 또 그 소리를 할까봐 얼른 리모컨 음소거 버튼을 눌렀다. 이모가 거실을 왔다 갔다 하다가 갑자기 내게 말했다.

"너 내일 학교 가지 말고 이모랑 어디 좀 갔다 오자."

이모가 들려준 이야기는 이랬다. 작년에 고등학교 동창들이랑 여행을 갔는데 거기에 느리게 가는 우체통이 있었다는 것. 이모는 땀구멍에게 엽서를 썼다는 것. 거기에 결혼하자는 내용을 적었다는 것. 느리게 가는 우체통 속 엽서는 일년 후 배달이 되는데 그게 다음 달이라는 것. 사실 땀구멍이 얼마 전에 결혼을 했는데 엽서에 적은 그 주소에 계속 살고 있다는 것. 이모의 두서없는 이야기를 요약하면, 그러니까 그 엽서를 찾으러 가야 하는데 혼자 갈 자신이 없으니 나보고 같이 가달라는 거였다.

3

이모는 아빠한테 전화해 거짓말을 했다. 내가 사춘기가 시작되는 것 같으니 같이 바람 좀 쐬고 오겠다고. 아빠는 담임 선생님한테 전화를 해줄 테니 걱정하지 말라고 했다. 그리고 이모랑 맛있는 거 사 먹으라며 내게 십만원을 보내주었다. 나는 아빠한테 돈을 받았다는 말을 이모한테는 하지 않았다. 이모가 저지른 일을 수습하러 가는 건데 당연히 이모 돈만 쓰게 해야지.

내가 이모에 대해 가장 많이 들은 말은 '쟤는 가만히 있는 게 도와주는 거야'였다. 하지만 이모는 가만히 있는 걸 가장 못하는 사람이었다. 이모 이야기 중에서 내가 가장 좋아하는 에피소드는 학교 앞 문 닫은 분식집을 다시 열게 한 일이었다. 그 이야기는 듣고 들어도 재미있었다.

이모는 고등학교 1학년 때 분식집 즉석떡볶이를 매일 먹어서 살이 15킬로그램이나 쪘다고 한다.

"살이 쪄도 좋았지. 그렇게 맛있었어."

그랬는데 이모가 고등학교 2학년 때 분식집이 문을 닫았다. 믿거나 말거나, 떡볶이를 먹지 못해서 이모는 중간고사를 망쳤다. 분식집이 남은 음식을 재사용한다고 누군가 소문을 냈는데 분식집 사장이 그 말에 상처를 받아 문을 닫은 것이다.

"누가 그랬는데?"

나는 여러번 들어 이미 알고 있지만 부러 물어보았다. 그러자 이모는 그 못된 년이 말이야, 하고 이야기를 시작했다. 그 못된 년은 맞은편 분식집의 조카를 말하는 거였다. 그 학교로 전학을 온 지 얼마 안 된 학생이었다. 자기 삼촌네 가게가 하도 장사가 안되어서 그런 소문을 냈다. 이모는 소문의 꼬리에 꼬리를 찾아 일주일 동안 수십명의 아이들을 만났고 결국 그 사실을 밝혀냈다. 거기까지 이야기를 듣다 나는 또 물었다.

"이모, 난 이해가 안 가. 분식집 사장님 말이야. 억울하면 악착같이 장사를 해야지 왜 그만둬?"

이모가 자동차 창문을 열고는 심호흡을 크게 했다.

"저 노란 꽃 참 예쁜데, 향기가 안 나네. 그런 사람들도 있어. 악착같이 싸우지 않는다고 용기가 없는 건 아니야."

나도 심호흡을 크게 하고 냄새를 맡아보았다. 아무런 향기도 나지 않았다. 이모가 다시 창문을 닫았다. 나는 이모의 말이 잘 이해되지 않았다.

이모는 상가 사람들을 만나 분식집 사장의 행방을 물었고, 자매처럼 지냈다는 미용실 사장에게서 고향으로 내려갔다는 소식을 들을 수 있었다. 분식집 사장네 큰오빠가 고향에 있는 중학교 앞에서 문방구를 하는데, 그곳으로 내려가 분식집을 차리고 싶다는 말을 했단다. 이모는 그날부터 사흘에 한번씩 편지를 썼다. 먹다 남은 음식을 다시 사용한다는 오해는 풀렸다고. 소문을 낸 아이가 분식집 문 앞에 사과문을 붙여서 전교생이 다 알게 되었다고. 그러니 다시 돌아와달라고.

"그런데 이모, 어떻게 편지를 부칠 수가 있어? 주소도 모르는데."

내 말에 이모가 웃었다. 이모는 분식집 사장의 고향을 알아내 그 동네 중학교로 편지를 보냈다. 받는 사람에 '수위 아저씨'라고 적었다. 내용은 이렇게 썼다고 한다. 학교 앞 문방구 사장님 중에서 막내여동생이 또와분식집을 했던 분이 있을 거라고, 그분을 찾아 제발 편지를 좀 전해달라고.

"반송 안 되더라? 그래서 계속 그 수위 아저씨에게 편지를 보냈지."

두달 뒤 또와분식집 사장이 돌아왔다. 분식집이 다시

문을 연 날 이모는 혼자 즉석떡볶이 사인분을 먹었고, 사장은 돈을 받지 않았다. 그러면서 이런 이야기를 들려주었다고 한다.

사장이 자란 고향에는 중학교가 두군데 있는데 이모가 엉뚱한 중학교에 편지를 보냈다. 편지를 받은 수위 아저씨는 학교 앞 문방구에서 일치하는 사람을 찾지 못하자 자전거를 타고 다른 중학교에 갔다. 그곳 문방구 사장은 동생에게 전화를 걸어 가게 이름이 또와분식집이었냐고 물었다. 그리고 이모 이름을 대면서 아는 학생이냐고 물었다. 분식집 사장이 안다고 하자 문방구 사장이 편지 내용을 읽어주었다. 사실 분식집 사장은 고향에 내려가지 않았다. 학생 수가 줄어서 중학교가 하나로 통폐합될 거라는 소문이 있었기 때문이다. 그래서 전국을 돌아다니며 분식집을 하기에 적당한 곳을 찾고 있었다.

"나는 그것도 모르고 계속 편지를 보냈지. 그 편지를 수위 아저씨가 다른 학교 앞 문방구 사장에게 전달해주면 문방구 사장이 동생에게 전화를 걸어 읽어주었던 거야."

이모는 편지 마지막에 이렇게 적었다. 떡볶이를 못 먹어서 성적이 떨어졌다고. 내가 대학을 못 가면 다 또와분식집 떡볶이를 못 먹어서라고. 가난해서 동생들을 대학에 보내지 못한 게 평생 한이었던 문방구 사장은 그 부분을 읽으면서 동생에게 한 소리를 했다.

"얘가 누군지 몰라도, 대학 떨어지면 다 네 책임이다."

그래서 돌아왔다고, 대학에 떨어지면 혼날 줄 알라고, 분식집 사장은 이모가 떡볶이를 먹을 때마다 말했다.

"그래서 대학은 잘 갔어?"

"알면서 왜 물어?"

나는 이모가 삼수를 하면서 저지른 수많은 사건을 알았지만 다시 묻지는 않았다.

참, 또와분식집 이야기에는 놀라운 반전이 숨겨져 있다. 사장이 좋은 대학에 가야 한다고 하도 잔소리를 해서 이모는 떡볶이를 먹을 때마다 체한 것 같은 기분이 들었고, 마침내 떡볶이를 싫어하게 되었다는 것이다.

중간에 휴게소에 들러 우동을 한그릇 사 먹었다. 그러고 잠깐 잠이 들었는데 눈을 떠보니 눈앞에 커다란 우체통 모양의 건물이 보였다.

4

우체통 건물은 무인으로 운영되었다. 엽서는 모두 열
종류가 있었고 한장에 천원이었다. 통유리 창 옆으로 책
상과 의자가 놓여 저 멀리 바다를 보며 편지를 쓸 수 있었
다. 그리고 우체통 건물 안에 또다른 우체통, 그러니까 진
짜 편지를 넣는 우체통이 한가운데 놓여 있었다.

"여기서 어떻게 이모 엽서를 찾아?"

이모는 아무리 무인이라도 문을 열고 닫는 사람은 있
는 법이라고 했다. 문에 적힌 영업 시간을 보니 아홉시부
터 다섯시까지였다. 그러니까 다섯시에 문을 닫으러 오는
직원을 기다려야 한다는 말이었다.

우리는 멀리 보이는 등대까지 걸어갔다 왔다. '느리게
마시는 카페'라는 곳에 들어가 차를 한잔씩 마셨다. 손님
은 나와 이모밖에 없었다. 주인아주머니는 누구와 통화 중
이었는데, 아들이 일도 안 하고 종일 잠만 잔다고 말했다.

"속상해."

나는 아주머니가 속상하다는 말을 몇번 하는지 세어봤
다. 여섯번이었다. 나는 속상하다는 말에 대해 생각해보았

다. 속을 다치다니. 그런데 그 속은 어디쯤에 있는 것일까?

차를 다 마시고 다시 우체통 건물로 갔더니 누군가 책상에 앉아 편지를 쓰고 있었다. 나도 이모한테 천원을 달라고 해서 엽서를 하나 샀다. 보내는 사람에 내 이름을 적었다. 그리고 받는 사람에 엄마 이름을 적었다.

편지를 쓰고 있는 사람은 한줄을 쓰고 창밖을 멍하니 바라보았다. 그러다 또 한줄. 나도 그 사람처럼 멍하니 창밖을 바라보았다. 그랬는데도 한줄이 떠오르지 않았다. 나는 그 사람이 편지를 다 쓴 다음 우체통에 엽서를 넣을 때까지 한 단어도 쓰지 못했다.

두쌍의 커플이 왔다 가고, 모녀가 왔다 간 다음, 윗배가 볼록 튀어나온 남자가 들어왔다. 남자는 새 엽서를 채워 넣고 책상에 있는 펜들이 잘 나오는지 확인했다. 나는 얼른 밖으로 나가 주변을 서성이던 이모를 불렀다. 이모가 달려왔다.

담당 직원은 오늘 오전에 출장이 있어서 다른 직원에게 문 여는 걸 부탁했다고 한다. 그래서 출장을 마치고 사무실로 돌아가는 길에 한번 둘러보러 왔다며, 우리보고 정말 다섯시까지 기다릴 생각이었냐고 물었다. 그러면서 미안하지만 엽서를 돌려줄 수는 없다고 말했다.

"원래는 이 우체통에 제 전화번호가 적혀 있었어요. 그런데 엽서를 다시 찾을 수 있느냐고 전화가 하도 와서 없앴다니까요. 헤어진 남친한테 보낸 편지 찾으려는 거죠?"

이모는 대답하지 못했다. 직원이 헤어질 거면서 뭐 하러 사랑한다는 엽서를 쓰는지 모르겠다며 혼잣말을 했다. 그 혼잣말이 건물 안에서 큰 소리로 울렸다.

이모도 혼잣말을 했다. 바보. 그 소리가 들렸을 텐데 직원은 아무 대꾸도 하지 않았다. 할 수 없이 나는 직원에게 거짓말을 했다. 지난달에 이모의 남자친구가 죽었다고. 죽은 아들의 여자친구가 쓴 편지를 받게 될 그 부모님을 생각해보라고. 거짓말이 통할까 싶었는데 갑자기 직원의 눈이 커졌다. 그리고 이모에게 사과를 했다. 사과가 너무 정중해서 거짓말을 한 게 미안해졌다.

직원이 나와 이모를 창고로 데려갔다. 거기에는 열두개의 커다란 자루가 있었다. 매달 말일이면 직원은 우체통 안의 엽서를 꺼내 새 자루에 담았다. 자루 입구에 날짜를 적은 라벨을 붙여 창고에 보관하고, 창고에 보관한 자루 중 일년 전 것을 우체국으로 들고 가 엽서를 보냈다. 그래서 창고에는 늘 열두개의 자루가 있다고 직원은 말했다. 이모가 작년에 친구들과 여행 왔던 달을 말했더니 직원이 자루 하나를 찾아왔다.

"한시간 드릴게요."

직원이 자루에 있는 엽서를 창고 바닥에 쏟았다. 나와 이모는 바닥에 앉아 엽서를 찾기 시작했다. 나는 엽서에 적힌 내용을 읽지 않으려고 노력했다. 그래도…… 한두줄씩 글이 눈에 들어오는 것은 어쩔 수 없었다. 생각보다 자기 자신에게 엽서를 보낸 사람들이 많아서 깜짝 놀랐다. 자신에게 편지를 쓰는 사람들은 비슷한 문장으로 편지를 끝냈다. 지금처럼 잘하자. 지금까지 잘해왔다.

지금처럼이라니.

잘해왔다니.

나는 그 말이 참 이상했다. 내가 나한테 해줄 수 없는 말 같았다.

"이모?"

나는 이모를 불러보았다.

"왜? 다른 생각 하지 말고 얼른 엽서나 찾아."

이모가 대답했다.

"땀구멍 아저씨가 죽었다고 해서 미안해."

내 말에 이모가 괜찮다고 말했다. 땀구멍 아저씨랑 점을 본 적이 있는데 아주 오래오래 산다는 점괘가 나왔으니 걱정하지 말라고 했다.

"그런데, 이모. 생각해보니 좀 쪽팔리더라도 엽서가 가는 게 더 좋지 않아? 결혼한 여자가 엽서를 보게 되면 부부 싸움이라도 할 거 아냐. 그럼 땅구멍한테 복수하는 거잖아."

이모가 나를 빤히 쳐다보았다. 그리고 고개를 저었다.

"막 결혼했으니 그 여자는 지금 얼마나 행복하겠냐. 누군지 모르지만 상처 주고 싶지 않아."

이모의 말을 들으니 속상하다는 단어가 다시 생각났다. 그래, 남을 속상하게 하면 내 속도 상하지. 엄마는 그런 말을 자주 했다. 남을 속상하게 한 적이 없는 엄마는 어째서 속이 상했을까? 그 생각을 하자 갑자기 억울해졌다. 억울하니 화가 났다.

나는 화를 내지 않기 위해 아무 엽서나 하나 집어들고 읽었다. 엄마, 아빠, 일곱살이 되면 말 잘 들을게요. 삐뚤삐뚤한 글씨로 그렇게 적혀 있었다. 보낸 아이 이름이 박민주였다. 민주네 부모는 다음 달에 이 엽서를 받을 것이다. 그리고 일곱살이 되었는데도 왜 말을 안 듣냐고 박민주에게 말하면서 웃겠지. 그런 상상을 하자 마음이 조금 풀어졌다.

"찾았다."

이모가 엽서 한장을 내 눈앞에 대고 흔들었다. 내가 보여달라고 하자 이모가 그건 절대 안 된다고 했다.

엽서들을 다시 자루에 담았다. 나는 창고 밖으로 나가 직원을 불러왔다. 이모는 직원에게 아까 바보라고 해서 미안하다고, 나중에 선물이라도 보내겠다며 명함을 달라고 했다. 그러자 직원이 고개를 저었다.

"우리는 오늘 안 만난 거예요. 당연히 엽서를 찾아간 일도 없고요. 알았죠?"

5

배가 고팠다. 이모는 작년에 친구들이랑 여행 왔을 때 갔던 식당이 있다며 차를 몰았다. 느리게 가는 우체통이 있는 마을을 벗어나 구불구불한 길을 따라 한참을 달렸다. 온통 논과 밭뿐인 길이었다. 이런 곳에 식당이 있을까 싶어 나는 몇번이나 제대로 가는 거냐고 물었다. 이모가 사실은 기억이 가물가물하다고 고백했다. 가는 길에 망한 절이 하나 있는데 그 입구에 코가 없는 불상이 있다고 했다. 그것만 찾으면 거기서부터는 확실히 길을 안다고 이모는 말했다. 내가 내비게이션으로 찾으면 되지 않겠냐고 말하자 우리가 가는 식당은 이름이 없다고 했다.

"이름이 없는 거야, 이름을 모르는 거야?"

내가 다시 묻자 이모는 둘 다,라고 대답했다.

이모는 갈림길이 나오면 무조건 오른쪽으로 꺾었다. 막다른 길이 나오면 다시 돌아 나오길 여러차례. 그러다 그 불상을 발견했다. 망한 절 앞에 차를 멈춰 세운 이모가 불상을 한참 들여다보았다. 코만 없는 게 아니라 눈도 입도 없었다.

"눈 코 입이 없는데도 웃고 있는 것 같지?"

이모가 다시 차를 출발시키면서 말했다. 나는 대답하지 않았다. 도대체 어디에서 웃는 얼굴을 찾아야 하는지 도통 모르겠다 싶었다. 이모는 문 닫은 절을 지나, 문 닫은 보건소를 지나, 문 닫은 초등학교를 지나면 식당이 나온다고 했다.

"망한 절. 망한 보건소. 망한 학교."

나는 그렇게 중얼거렸다.

"하지만 안 망한 식당."

이모가 내 말을 받아쳤다.

운동장에 잡초가 무성한 폐교를 지나 우회전을 하니 마을회관 표지판이 보였다. 이모가 그 앞에 차를 세웠다.

"마을회관에서 먹는다고?"

내 말에 이모가 웃었다. 마을회관 오른쪽으로 좁은 길이 나 있었다. 걸어 들어가니 작은 한옥집이 나왔다. 마당에 야외 테이블이 몇개 보였다.

"밖? 안?"

이모가 물어서 나는 밖이라고 대답했다. 야외 테이블에 앉자 할머니 한분이 물을 가지고 나왔다.

"이인분?"

할머니가 물어서 이모가 그렇다고 대답했다.

곧이어 다른 할머니가 커다란 대나무 채반을 들고 와 테이블에 올려놓았다. 나물 반찬이 가득이었다. 물을 가져다주었던 할머니가 뒤따라 밥과 국을 가져왔다.

"오늘은 옥수수밥이에요. 이건 아욱국이고."

할머니들이 들어가고 난 다음 나는 이모한테 투덜댔다. 아욱국이라니. 미끈미끈해서 세상에서 내가 가장 싫어하는 국이었다. 게다가 제육볶음도 없이 상추쌈을 먹으라니. 집에 돌아가면 보쌈과 족발을 시켜 배 터지게 먹을 거라고 말했다. 그래놓고⋯⋯ 나는 밥을 두공기나 먹었다.

누룽지도 한그릇 먹었다.

"풀만 있어서 안 먹는다며?"

이모가 놀렸다.

"배가 너무 고파서 그랬어."

나는 변명을 했다. 두 할머니가 후식으로 참외를 가져다주었다. 나는 할머니들에게 맛있게 잘 먹었다고 인사를 했다.

식당은 동네 할머니 여덟분이 같이 운영하는 곳이었다. 경로당에 모여 매일 고스톱을 치는 게 전부였는데, 어느 날 매일 지기만 하는 할머니가 화투판을 엎으며 소리를 쳤다. 다들 나를 속이는 거라며. 며칠 후 화를 냈던 할머니가 사과를 한다며 음식을 잔뜩 해 왔다. 그 음식을 먹다가 남편이 죽고 난 뒤로 귀찮아서 음식을 잘 하지 않게 되었다는 이야기가 나왔다.

"그래서 다 같이 식당을 차리게 된 거예요. 팔리든 말든. 일단 우리가 맛있는 거 먹으려고."

그러면서 할머니들은 우리보고 운이 좋다고 했다. 자기네가 여덟명의 할머니 중 가장 요리를 잘한다고. 그러니 가장 맛있는 날에 찾아온 거라고. 식당 입구에 앵두나무가 있어서 이모와 나는 앵두를 세알씩 따 먹었다.

다시 시골길을 운전하다가 느리게 가는 트럭을 만났다. 이모는 추월하지 않고 느리게 그 차를 따라갔다. 트럭 뒤에는 아까 식당에서 본 것 같은 대나무 채반들이 크기별로 달려 있었다. 채반들이 흔들리는 리듬에 맞춰 나는 고개를 흔들어보았다. 고개를 흔들며 채반을 보니 눈 코 입도 없는 채반이 웃고 있는 것 같았다.

나는 이모한테 엽서에 적힌 사연들을 몰래 읽어보았다고 고백했다.

"뭐 근사한 내용 있었어?"

"거의 비슷하던데. 별거 없더라."

"그치. 별거 아니지. 그런데 또 별거지."

이모의 말이 웃겨서 나는 웃었다. 나는 창문을 열고 손을 내밀었다. 손가락을 펼쳐 바람이 손가락 사이로 지나가게 했다. 앞서 가던 트럭이 오른쪽 깜빡이를 켰다. 그리고 오른쪽 길가에 차를 세웠다. 커다란 나무 아래 평상이 있는 곳이었다. 이모가 트럭을 지나치며 저 평상에 누워 낮잠 자면 참 좋겠다, 하고 말했다. 그 말을 듣는데 갑자기 무슨 생각이 번뜩 스쳤다. 이모한테 차를 세워달라고 했다.

나는 차에서 내려 트럭 쪽으로 뛰어갔다. 트럭 기사가

평상에 앉아서 물을 마시고 있었다.

"아저씨, 혹시 만물 트럭 기사예요?"

내가 묻자 아저씨가 그렇다고 했다.

"뭐 필요한 거 있니?"

나는 필요한 것은 없지만 구경을 해보면 필요한 게 생길지도 모른다고 말했다. 아저씨가 트럭 짐칸을 열어주었다. 오른쪽 맨 위에는 호미와 낫이 걸려 있었고 그 아래에 플라스틱 바가지나 세숫대야 같은 것들이 있었다. 배드민턴채도 보였고, 돼지저금통도 보였다.

"보이는 게 다가 아니야. 이 트럭에는 없는 게 없단다."

내가 농담으로 호루라기도 있냐고 물었더니 아저씨가 있다고 대답했다.

"탁구채 있어요?"

"있지."

"젓가락 있어요? 어른 거 말고 아이용 젓가락이요."

"아, 교정용 젓가락. 당연히 있지."

"손 선풍기 있어요?"

어느새 내 옆에 다가온 이모가 물었다.

"있죠. 곧 여름이니 많이 준비해두었답니다."

아저씨가 손 선풍기가 잔뜩 들어 있는 박스를 보여주

었다. 이모가 작년 여름부터 사고 싶었다며 파란색 선풍기를 하나 꺼냈다. 나는 한참을 생각하다 만물 트럭에 절대 없을 것 같은 물건을 말했다.

"생일 케이크. 이건 절대 없죠?"

아저씨가 나를 트럭 반대쪽으로 데려갔다. 그쪽 문을 열자 냉장고가 보였다. 안에는 콩나물이랑 두부랑 삼겹살이랑 간고등어가 들어 있었다. 그리고 맨 아래에 생일 케이크가 있었다.

"사실 파는 건 아니고, 배달 중. 다음에 갈 마을 이장님 생일인데, 딸이 전화로 부탁했거든."

나는 아저씨에게 엄지손가락을 내밀며 만물 트럭으로 인정한다고 말했다. 혹시 아들이 체육 선생님을 하지 않느냐는 질문을 하려다 말았다. 각진 턱을 보면 닮은 것도 같은데 처진 눈을 보면 안 닮은 것도 같았다.

이모가 트럭을 둘러보다 꽃무늬 바지를 보더니 반색을 했다.

"우리 이거 하나씩 사자!"

"싫어. 쪽팔려."

내 말에 아저씨가 올여름은 엄청 더울 거라고 말했다. 냉장고 바지라는 말이 괜히 나온 게 아니라고, 이것만 입

100

으면 열대야도 이길 수 있을 거라고 말했다.

"그럼 이모, 엄마 아빠 것도 사줘."

아저씨가 꽃무늬 바지 네벌을 비닐봉지에 담았다. 아저씨에게 비닐봉지를 건네받으며 나는 생각했다. 한여름이 되면 아빠랑 엄마랑 똑같은 꽃무늬 잠옷 바지를 입고 수박을 먹어야지,라고.

자장가

1

오늘은 고등학교에 입학하고 네번째로 맞이하는 '짝짝이 양말의 날'이었다. 중간고사와 기말고사가 끝나면 우리 학교는 양말을 짝짝이로 신고 등교하는 행사를 했다. 영양사 선생님도, 급식소 아주머니들도, 경비 아저씨들도 다 짝짝이 양말을 신었다. 짝짝이 양말의 날을 만든 사람은 재작년에 암에 걸려서 일찍 퇴임한 교장 선생님이라는데, 기말고사가 끝나고 학생 한명이 옥상에서 투신자살을 한 사건에 충격을 받아서 그런 날을 만들었다고 한다. 학생의 장례식을 마치고 교장 선생님은 재수를 하던 스무살 시절로 되돌아가는 꿈을 꾸었다. 교장 선생님은 '스파르타'라는 이름의 기숙형 학원에 다녔는데, 그때 같은 방을 썼던 친구를 꿈에서 만났다. 둘은 운동장을 뛰었다. 누군가 창문을 열고 시끄러워, 공부나 해, 하고 외쳤다. 그러거나 말거나 둘은 계속 뛰었다. 이 바보들아, 이 바보들아, 그렇게 소리를 지르며. 꿈속인데도 숨이 찼다. 꿈에서 깬 뒤 선생님은 오래전에 잊은 친구의 이름을 기억해보려 했다. 하지만 생각나지 않았다. 이름이 생각나지 않아서 선생님은 울었다. 친구는 원하는 대학에 들어가지 못했고, 삼수를 하러 다시 학원에 들어갔다가 자살했다는 소문을 나중에 들었다. 선생님은 친구의 이름은 잊었지만 그 친구가 짝짝이 양말을 선물해주었던 것은 기억이 났다. "우울한 날에는 이 양말을 신어줘." 생일날 양말을 선물하면서 친구는 말했다. 선생님은 다음 날 짝짝이 양말을 신고 출근을 했다. 복도에서 마주친 학생들이 한마디씩 했다. "쌤, 양말 잘못 신었어요." 그때마다 선생님은 이렇게 말했다. "몰랐니? 오늘은 짝짝이 양말을 신는 날이야." 그렇게 해서 짝짝이 양말의 날이 생겼다.

나는 오늘을 위해 한달 전에 사둔 양말을 신었다. 오른발에는 흰색을, 왼발에는 검은색을. 흰색 양말은 발바닥에 웃는 얼굴 모양이, 검은색 양말은 발바닥에 화난 얼굴 모양이 그려져 있었다. 엄마가 자기도 그렇게 신어보고 싶다고 해서 나는 엄마에게 나머지 양말을 주었다. 엄마는 양말을 신더니 제자리뛰기를 했다. "몸이 가벼워진 것 같아." 엄마가 말했다. 우리는 소파에 앉아 발을 허공에 뻗고 사진을 찍었다. 엄마가 새 양말을 신어 기분이 좋다며 차로 학교까지 데려다주었다. 가는 길에 내년 짝짝이 양말의 날에는 친구들하고 무지개색에 맞춰 양말을 신어보는 건 어떠냐고 말해서 나는 이미 그런 아이들이 있다고 했다. 1학기에 그렇게 신고 온 네명의 아이가 '멋쟁이 양말 상'을 받았다고. "엄마, 체육 선생님은 신발까지 짝짝이로 신고 와. 그리고 짝짝이 양말을 신는 날은 꼭 운동장 달리기를 시켜. 양말이 그걸 원한다나." 오늘 4교시에 체육 수업이 있었다. 나는 먹구름 낀 하늘을 보면서 기도했다. 제발 눈이라도 와라. 실내 수업 하게 펑펑 내려라. 학교 앞에 도착해보니 깜빡하고 양쪽이 똑같은 양말을 신고 온 아이들이 자기처럼 똑같은 양말을 신고 온 또다른 아이들을 찾아 양말을 바꿔 신고 있었다. 엄마가 그아이들을 보며 예쁘다, 하고 말했다. 뭐가 예쁘다는 건지. 나는 엄마의 말이 이해되지 않아 고개를 절레절레 흔들었다. 1교시부터 눈이 내리기 시작하더니 2교시가 되자 펑

평 쏟아졌다. 3교시 국어 시간에 선생님이 바지를 걷어 우산이 그려진 양말과 눈사람이 그려진 양말을 우리에게 보여주었다. "이 양말을 사놓고 눈이 오길 얼마나 기도했는지 몰라." 국어 선생님은 시 한편을 낭독해주었다. 선생님의 낭독이 끝나자 내 뒤쪽에서 누군가 응앙응앙, 하고 소리를 냈다. 당나귀 울음소리 흉내에 몇몇 아이들이 웃었다. 4교시가 되었고 체육 선생님은 야외 수업을 강행했다. "실내에만 있으면 오늘 신고 온 양말들이 얼마나 심심하겠니." 선생님은 말도 안 되는 말을 했다. "그 대신 운동장 달리기 말고 눈사람 만들기 대회를 하겠어." 장갑이 없어서 손이 시리다고 몇몇 아이들이 투덜대자 선생님이 그럴 줄 알고 목장갑을 한 박스 가져왔다고 말했다. 손바닥 부분이 빨간 고무로 코팅된 장갑이었다. 다 같이 그걸 끼니 웃음이 나왔다. 우리 조는 나무에 기대앉아 낮잠을 자는 눈사람을 만들었다. 팔짱을 낀 자세를 만드는 게 힘들었지만 그럭저럭 모양을 갖추었다. 행복한 꿈을 꾸는 중이면 좋겠다는 의견이 있어서 우리는 웃는 입 모양을 만들기 위해 초승달 모양으로 휘어진 나뭇가지를 찾아 운동장 구석구석을 뒤졌다. 테니스공을 주워 온 아이가 그걸로 배꼽을 장식하자고 해서 참외 배꼽도 만들었다. 농구를 하는 눈사람을 만든 조도 있었다. 자유투를 던지기 직전의 자세가 그럴듯했다. "농구 선수치곤 너무 뚱뚱한 거 아냐?" 선생님이 농담을 했다. 가장 강력한 우승 후보였는데 심사를 하는 도중 공을 들고 있던 팔이 무너졌다. 물구나무를 선 눈사람을 만든 조가 우승을 했다. 눈사람도 짝짝이 양말을 신고 있었다.

하교 시간이 되자 누군가 어느 학교 강당이 무너졌다는 소식을 전했다. 아이들이 일제히 휴대전화를 보았다. 나는 보지 않았다. 여기저기에서 아이들이 뉴스를 전했다. 눈 무게를 이기지 못해 천장이 무너졌고 체육 수업을 하던 아이들이 갇혔다는 거였다. 조금 후에, 아이들이 갇힌 건 맞는데 체육 수업을 하던 아이들이 아니라 배구부 학생들이라는 뉴스가 다시 전해졌다. 나는 집으로 가지 않고 꽈배기 이모네로 갔다. 가게 이름이 '꽈배기분식'이지만 이름과 달리 꽈배기는 팔지 않았다. 나는 중학교 2학년 때 전학을 왔다. 삼촌이 동물원 안에서 매점을 운영하게 되면서 이혼한 엄마를 불렀기 때문이었다. 아빠는 이주일에 한번씩은 나를 보러 오겠다고 약속했지만 한번도 지키지 않았다. 그럴 때마다 엄마는 사귈 때부터 약속을 지킨 적이 없었다며 아빠 험담을 했다. 그러면 결혼은 왜 했는지. 엄마가 아빠 험담을 하면 아빠가 못 견디게 그리 워졌다. 그런 마음이 드는 날이면 나는 학교 앞 꽈배기분 식에 가서 폭식을 했다. 처음에는 떡볶이 이인분과 김밥 정도만 먹었는데 나중에는 거기에 돈가스와 쫄면까지 먹 게 되었다. 그러던 어느 날 꽈배기 이모가 엄마에게 전화 를 했다. 이모는 엄마가 동물원 매점에서 일한다고 했던 내 말을 기억해내고는 동물원에 있는 매점마다 전화를 걸 어 내 이름을 댔다. 네번째 매점에 연락했을 때 엄마가 전 화를 받았다. "제 요리가 아주 맛있지는 않거든요. 그렇게 많이 먹을 정도로." 폭식을 하는 내가 걱정된다는 이모의 말에 엄마는 꽈배기분식으로 달려왔다. 그리고 둘은 서로 의 얼굴을 검지손가락으로 가리켰다. "혹시 스크류바?" 엄마가 물었다. 이모가 고개를 끄떡였다. "넌 이제 안경 안 쓰네?" 엄마가 라식 수술을 했다고 대답했다. 쌍꺼풀 수술도 했지만 그건 말하지 않았다. 그날 엄마는 이모의 음식을 맛보고는 내가 폭식을 할 정도의 맛집은 아니라 는 결론을 내렸다. 엄마는 가게에 나만의 외상 장부를 만 들어주었다. 단, 일인분만 먹는다는 조건으로. 엄마는 한 달에 한번씩 내가 먹은 음식값을 결제하기 위해 꽈배기분식을 찾았다. 그러면 이모는 평소보다 일찍 가게 문을 닫았고, 둘은 '네발가락'이라는 국물 닭발집에 가서 늦게까지 술을 마셨다. "오늘은 눈이 와서 그런지 매운 쫄면도 먹고 싶고 우동도 먹고 싶네." 나는 꽈배기 이모에게 말했다. "날마다 핑계지." 이모가 말했다. "꾸물꾸물. 하늘이 뭔가 하고 있잖아. 그러니 맛있는 걸 먹어줘야지." 이모가 쫄면과 우동을 반반씩 만들어주었다. 하지만 달걀은 각각 하나씩 넣어주었다. 한번에 일인분만 먹는다는 약속을 한 뒤로 이모는 나만을 위해 반반 요리를 해주었다. 쫄면을 먹고 있는데 교복 상의에 체육복 하의를 입은 학생 둘이 들어와 냄비우동을 시켰다. 아이들이 학교 강당이 무너진 이야기를 했다. "다 죽었겠지." "아마도." 그러면서 아이들은 후루룩 소리 내어 우동을 먹었다. 그 소리를 가만히 듣다가 나도 후루룩 소리를 내며 쫄면을 먹어보았다. 그러다 사레가 들렸고, 내 기침 소리에 놀란 학생들이 나를 쳐다보았고, 이모가 주방에서 칼을 든 채 뛰어나왔다. 그런 이모의 모습을 보고 아이들이 웃었다.

고등학생 때 꽈배기 이모의 별명은 스크류바였다. 매일매일 그걸 사 먹어서 그런 별명이 붙은 것은 아니고, 스크류바 광고 노래를 하도 불러서 그런 별명이 붙은 것이었다. 엄마 말에 의하면 고등학생 때 이모는 조그만 손거울을 가지고 다녔는데, 거울로 자기 얼굴을 보면서 그 노래를 불렀다고 한다. 이상하게 생겼네. 그렇게 한 소절을 부르고 얼굴에 난 여드름을 짜던 모습을 잊을 수가 없다고. 그래서 그런지 어울리는 친구가 없었다고. 나는 작년 이모의 생일날 스크류바를 열개 사서 꽃다발을 만들어주었다. 그리고 스크류바의 광고 노래를 불러주었다. 고등학생 때 이모가 그 노래를 흥얼거렸던 이유는 골육종암에 걸린 동생이 좋아하던 노래였기 때문이었다. 수술을 하루 앞두고 동생은 텔레비전에서 스크류바 광고를 보게 되었다. 낙타가 목을 꽈배기처럼 꼬는 장면에서 낄낄거리며 웃었다. 참 웃기는 광고다, 그렇게만 생각했는데 수술 후 마취에서 깨어나자 그 노래가 머릿속에서 떠나지 않았다. 그때마다 웃음이 났고 그래서 긴 항암치료를 견딜 수 있었다. "그래서 이모, 가게 이름을 꽈배기분식이라고 지은 거야?" 언젠가 내가 묻자 이모는 그건 아니라고 했다. 그냥 꽈배기 분식집을 인수한 것뿐이라고. 간판을 바꾸기 귀찮아서 그냥 둔 거라고. 그래서 나는 그럼 꽈배기도 만들어 팔라고 했다. 그러자 이모가 말했다. "인생이 자꾸 꼬여서, 그렇게 꼬인 것은 팔고 싶지 않아." 꽈배기를 싫어하면서 스크류바를 좋아하는 건 뭔가 모순되지 않느냐고 되물었다. 내 말에 이모가 고개를 저었다. "스크류바는 녹잖아. 녹으니 꼬인 게 사라지는 거지." 그 말을 들은 후로 이모의 음식을 먹을 때면 내 안에 있던 모난 것들이 조금은 사라지는 것 같았다.

집으로 가는 길에 나는 눈이 쌓인 길을 찾아 걸었다. 부러 흰색 양말을 신은 오른발로 하얀 눈을 밟고, 검은 양말을 신은 왼발로는 녹아서 지저분해진 눈을 밟았다. 그때마다 양말 바닥에 그려진 그림을 생각하며 중얼거렸다. 좋아. 싫어. 좋아. 싫어. 나는 스크류바 노래를 불러보았다. 이상하게 생겼네. 내 노랫소리에 앞에서 걷던 아저씨가 뒤를 돌아보았다. 얼굴에 커다란 혹이 있는 아저씨였다. 나는 그런 뜻이 아니라고 변명하고 싶었지만 말이 나오지 않았다. 아저씨가 내 쪽으로 한걸음 다가왔다. 나는 달렸다. 큰길로 나가자 눈이 녹아 길이 질척였다. 횡단보도 신호등에 초록불이 깜빡였다. 십오초. 뛰면 건널 수 있을 것 같았다. 교복 셔츠에 빨간색 쫄면 국물이 튄 게 보였다. 나는 횡단보도를 뛰면서 생각했다. 집에 가서 빨아야겠다고. 마지막 이 미터를 남기고 일초가 사라졌다. 빨간불이 켜졌고, 오른쪽에서 트럭이 우회전을 하며 나에게 다가오는 게 느껴졌다. 응앙응앙. 어디선가 당나귀 울음 소리가 들렸다. 한번도 당나귀를 본 적이 없는데 당나귀 소리라는 것을 어떻게 아는 거지? 정신을 잃으면서 나는 그런 생각을 했다.

2

엄마는 여행 계획을 짜는 게 취미였다. 엄마의 노트에는 스페인 남부 7박 8일 코스부터 중남미 20박 21일 코스까지 다양한 여행 일정표가 적혀 있었다. 하지만 실제로 여행을 떠난 적은 없었다. "상상으로 여행을 하면 혼자 여행해도 외롭지 않지." 엄마가 그렇게 말하면 나는 이렇게 물었다. "그럼 나랑 둘이서는?" 그러면 엄마는 답했다. "상상으로 여행을 하면 둘이 가도 싸우지 않지." 엄마는 다른 사람들의 여행기를 읽는 것도 좋아했다. 어머니의 환갑 기념으로 함께 패키지여행을 갔는데 거기서 자기 어머니의 첫사랑을 만났다는 글이나, 길을 잃고 헤매다 어느 마을에서 결혼식을 구경하게 되었는데 부부에게 초대를 받아 1박 2일 동안 파티를 즐기고 왔다는 글. 친구랑 싸워서 혼자 미술관에 갔다가 거기서 사랑하는 사람을 만나게 되었다는 글을 읽은 뒤 엄마는 오랫동안 그 블로거의 글을 따라 읽었다. 결혼 준비 중 다투었다는 글을 올린 뒤 블로거는 활동을 멈추었고, 엄마는 한동안 불면증에 걸리기도 했다. "딸이 파혼한 것도 아닌데 왜 엄마가 잠을 못 자." 내가 핀잔을 주니 엄마는 만약 나에게 그런 일이 생기면 잠을 더 푹 잘 거라고 대꾸했다. "나라도 잘 자야 네가 내 걱정을 안 하지." 엄마의 말에 나는 입을 삐쭉 내밀고 말했다. 그래도 섭섭하니까 일주일 정도는 불면증에 걸려달라고. 엄마는 꼭 그렇게 해주겠다고 약속했다. 내 장례식이 끝난 뒤 엄마를 따라온 것은 그래서였다. 혹시라도 엄마가 잠 못 들까봐. 내 생각을 하며 밤새 눈물을 흘릴까봐. 하지만 엄마는 두 손을 배꼽에 올려놓고 반듯하게 누워서 아침까지 잠을 잤다. 새근새근, 아기처럼 숨을 쉬면서. 뒤척이지도 않았고 새벽에 깨어나지도 않았다. 초승달이 상현달이 되고 보름달이 되는 동안 나는 엄마의 주변을 맴돌았다. 다행이다, 여기면서도 마음 한편에서는 엄마가 잠 못 이뤘으면 하는 생각이 불쑥 들었다. 엄마가 새벽 내내 거실 소파에 앉아서 해가 뜨기를 기다

렸으면. 그러면 내가 그 옆에 앉아서 머리를 쓰다듬어줄
텐데. 엄마의 꿈속으로 들어가 내가 아직 여기 있다고 말
해주고 싶었다. 하지만 꿈속으로 들어가는 법을 알지 못
했다. 나는 슬펐다. 엄마가 잠을 잘 자서 슬펐고 엄마가 내
꿈을 꾸는지 아닌지 알 수 없어서 슬펐다. 그런 밤이면 나
는 엄마의 코밑에 손가락을 대고 따뜻한 콧김을 상상했
다. 그러면 참을 수 없이 추워지곤 했다. 그렇게 추워지
고 추워지면 언젠가 사라질 수 있겠지. 보름달이 하현달
이 되고 그믐달이 되었다가 다시 초승달이 될 때까지 나
는 기다렸다. 내 생일날이 되었다. 엄마는 출근하지 않았
다. 그동안 엄마는 단 하루도 쉬지 않고 출근을 했다. 원
래 엄마는 월요일과 화요일에는 일을 나가지 않았다. 장
사가 잘되는 금 토 일 사흘은 엄마와 삼촌이 같이 일을 했
다. 그러고 나서 엄마가 월 화를 쉬고, 삼촌이 수 목을 쉬
었다. 엄마는 월요일마다 베개 커버를 빨았다. 나는 베개
커버라고 부르고 엄마는 베갯잇이라고 불렀다. 나는 그
말이 싫었다. 베갯잇이라고 말하면 머릿속에서 자동으로
머릿니라는 단어가 떠올랐다. 그러면 가렵지 않던 머리
가 가려워졌다. 베갯잇. 베갯잇. 베갯잇. 나는 속으로 세번
중얼거려보았다. 제발 머리라도 근질거리길. 하지만 아무

일도 일어나지 않았다. 엄마는 미역국을 끓이고 잡채를 만들었다. 매운 등갈비찜도 만들었다. 엄마는 달달한 등갈비찜을 좋아했고 나는 매운 등갈비찜을 좋아했다. 그래서 엄마는 늘 두가지를 동시에 만들었다. 그랬는데 오늘은 내 생일이라고 매운 등갈비찜만 했다. 평소보다 더 맵게. "엄마, 이걸 어떻게 먹으려고. 먹지도 못하고 버리는 거 아냐." 엄마 옆에 서서 잔소리를 했다. 요리를 다 한 뒤 엄마는 장식장에서 가장 아끼는 그릇을 꺼냈다. 그리고 식탁에 상을 차렸다. "생일 축하해." 엄마가 컵에 콜라를 따르면서 말했다. 밥그릇도 하나, 국그릇도 하나. 나는 식탁에 앉아 내 생일상을 가만히 바라보았다. 작년 생일엔 엄마가 끓여준 미역국을 먹지 않았다. 고등학교 입학을 앞두고 중학교 친구들이랑 1박 2일로 강릉 여행을 가기로 했는데 엄마가 허락을 해주지 않았고, 그것 때문에 화가 나서 며칠 동안 엄마와 말도 하지 않았기 때문이었다. "꼬라지 내면 너만 손해지." 엄마는 내가 화를 낼 때마다 그렇게 말했다. 그래, 맞다. 나만 손해다. 엄마가 남은 음식을 반찬통에 담았다. 파김치까지 싸는 걸 보니 꽈배기분식에 가려는 게 틀림없었다. 나는 용기를 내서 엄마를 따라나섰다.

꽈배기 이모의 할머니는 손자가 태어나자 전국 사찰을 다니며 기와 불사를 했다. 기와에 오직 사대독자인 손자의 이름만 적었다. 할머니가 동생만 예뻐할 때마다 이모는 악몽을 꾸었다. 동생의 이름이 새겨진 기왓장이 하늘에서 떨어지는 꿈이었다. 기와는 바닥에 떨어져 산산조각이 났다. 꿈속에서 이모는 깨진 조각들을 모아 동생의 이름을 연결해보려 했지만 매번 조각 하나가 모자라 실패했다. 동생이 암에 걸렸을 때 이모는 그 꿈을 떠올렸다. 자신이 그런 꿈을 꾸어서 동생이 아픈 것만 같았다. 그러던 어느 날, 이모는 학교 앞에 있던 망한 분식집 앞에 쪼그려 앉아 있는 사람을 보았다. 뭘 하는 거냐고 이모가 묻자 남자가 계단 귀퉁이를 가리켰다. 거기에는 희미하게 이름이 새겨져 있었다. "내 이름이에요. 내가 일곱살 때 부모님이 여기서 문방구를 했거든요." 남자는 친구에게 사기를 당해 전재산을 잃었다는 이야기를 들려주었다. 가족에게 돌아갈 용기가 나지 않아 한달째 전국을 떠돌아다니고 있다고, 그랬는데 갑자기 아버지가 계단 수리를 하던 날이 떠올랐다고 남자는 말했다. 절대 무너지지 않을 거야. 우리 아들도, 우리 가게도. 시멘트가 마르기 전에 아들 이름을 새기고 나서 아버지가 했던 말도. 남자가 떠나고 난 뒤 이모는 볼펜을 꺼내 계단 귀퉁이에 동생의 이름을 써보았다. 그후로 이모는 여기저기에 동생의 이름을 남겼다. 돌멩이에 이름을 써서 학교에서 가장 큰 나무 아래 묻었고, 쪽지에 이름을 써서 담장 틈새에 넣어두었다. 집 앞 가로등 기둥에도 동생의 이름을 적었다. 그 가로등이 동생의 방을 비추었기 때문이었다. 공사 중인 건물이 있으면 몰래 들어가 굳기 직전의 시멘트벽에 동생의 이름을 새기기도 했다. 눈에 띄지 않도록 귀퉁이에 아주 조그맣게. 힘든 일을 겪은 뒤 이모는 다시 고향으로 돌아왔다. 그리고 계단에 새겨진 이름이 아직도 있을지 궁금해서 와봤더니 그대로였다. 망한 분식집 자리에는 꽈배기분식이라는 가게가 들어서 있었다. 이모는 가게에 들어가 떡라면을 사 먹었다. 그리고 주인에게 가게를 팔 생각이 없냐고 물어봤다. 이모가 내게 그 이야기를 들려주었을 때 나도 왠지 분식집 벽에 내 이름을 적어두고 싶었다. 벽은 이미 다른 아이들의 낙서로 가득 차 있어서 나는 천장에 내 이름을 적었다.

엄마를 따라 이모네 가게에 오자마자 가장 먼저 내 이름을 찾아보았다. 내 이름 옆에 하트가 그려져 있었다. 나는 엄마의 귀에 대고 속삭였다. "고개를 들어봐, 엄마. 저기 내 이름이 있어." 이모는 엄마가 싸 온 음식을 보더니 잠깐만, 하고 밖으로 나갔다. 그리고 잠시 후에 소주병을 들고 왔다. "장사는?" 엄마가 물었다. "방학이라 어차피 손님도 없어." 이모가 말했다. 이모는 잡채를 안주 삼아 술을 마셨다. 엄마는 등갈비찜을 먹었다. 원래부터 매운 걸 잘 먹는 사람처럼. "안 매워?" 이모가 물어도 고개를 흔들고는 계속 먹었다. 그렇게 말없이 한참을 먹다가 갑자기 피식, 하고 웃었다. 이모가 왜 그러냐고 묻자 엄마가 말했다. "걔 어렸을 때 생각나서. 한번은 내가 눈에 넣어도 안 아픈 내 새끼, 하고 말했거든. 그랬더니 막 우는 거야. 너무나 서럽게. 내가 왜 우냐고 물었더니 글쎄," 글쎄,까지 말하고 나서 엄마는 소주를 연이어 두잔이나 마셨다. "자기는 눈에 들어가기엔 너무 크다고. 그래서 울었대. 그게 갑자기 생각나네." 엄마의 말에 이모도 웃었다. 그때 학생들 셋이 가게 안으로 들어왔다. 아이들은 들어오자마자 즉떡이요, 하고 소리쳤다. "얘들아, 미안하지만 오늘 하루만 파업." 이모가 말했다. 그러면서 다음에 오면 두배로 많이 주겠다고 했다. 튀김만두도 서비스로 주겠다고. 오늘은 맛나분식에 가서 떡볶이를 사 먹어도 섭섭해하지 않겠다고. 이모의 말에 북극곰이 그려진 티셔츠를 입은 아이가 대답했다. "그래도 의리가 있죠." 안경을 쓴 아이가 이어 말했다. "괜찮아요. 우리 엄마도 자주 파업해요." 단발머리 아이가 두 친구에게 노래방에 가자고 했다. 북극곰이 가고 싶지 않다고 하자 단발머리가 두 친구의 팔짱을 끼며 말했다. "오늘 내 생일이잖아." 나랑 생일이 같은 아이라니. 나는 아이들을 따라 노래방에 갔다. 안경은 댄스곡을 잘 불렀고 북극곰은 발라드를 잘 불렀다. 그리고 나랑 생일이 같은 단발머리는 랩을 잘했다. 그 아이가 랩을 잘해서 나는 기분이 좋아졌다. 아이들은 서로 어깨동무를 하고 마지막 곡을 불렀다. 태어나서 본 것 중에 제일 커다란 꽃. 북극곰이 그 부분을 부를 때 갑자기 안경이 소리쳤다. "애들아, 우리 여름에 강릉 가자. 가서 불꽃놀이하자." 안경의 말에 두 친구가 그러자, 그러자, 하고 답했다. "나도 데리고 가." 나도 소리쳐보았다. 생각해보니 태어나서 한번도 불꽃놀이를 본 적이 없었다. 한번도 보지 못한 것. 한번도 하지 못한 것. 그런 것들을 생각하다 보니 목이 아파왔다. 목이 메어 나는 박하사탕을 상상했다. 박하사탕이 목에 걸린 것뿐이라고. 그걸 꺼내기 위해 나는 아이들을 따라 노래를 불렀다. 목청껏. 마냥 좋았던 그때 불꽃놀이.

3

밖으로 나오니 눈이 내리고 있었다. 노래방 앞에서 아이들은 생일 축하한다는 말을 주고받은 뒤 헤어졌다. 나는 다시 꽈배기분식으로 돌아왔다. 그사이 소주병이 하나더 늘어 있었다. 이모가 엄마한테 올여름에 가게 문을 닫고 같이 여행을 갔다 오자고 말했다. 스페인도 좋고 파리도 좋겠다고. 아니면 어디 휴양지에 가서 실컷 먹고 실컷자고 오자고. "일흔살이 되면." 엄마의 말에 이모가 일흔살이 되면 트렁크 끌고 다니기도 힘들다고 했다. 그랬더니 엄마가 다시 대답했다. "그럼, 예순살이 되면." "예순살이 되면. 예순살이 되면. 듣기 좋네, 그 말." 이모가 엄마에게 술을 따라주다 말고 갑자기 웃었다. "하하, 넌 언제부자가 될 거야?" 엄마가 이모의 눈을 가만히 들여다보더니 대답했다. "하하, 예순살이 되면." 그리고 이모에게 물었다. "너는 언제 연애할 거야?" 이모가 어깨를 으쓱하고는 대답했다. "예순살이 되면." 그리고 엄마가 이모에게또다시 물었다. "너는 언제 술 끊을 거야?" 이모가 조금망설이다 대답했다. "예순살이 되면." 그러고는 자리에서 일어났다. 이모가 가게 문을 열고 밖을 내다보며 마저 말을 했다. "눈 온다. 생각해보니 술은 일흔살에 끊을래." 엄마가 자리에서 일어나 이모의 뒤에 가서 섰다. 이모의 어깨에 손을 올린 채 엄마는 내리는 눈을 오랫동안 보았다. "근데 나 여권도 없어." 엄마가 속삭이듯 말했다. "정말? 전세계 수도를 다 외우는 네가?" 이모의 말처럼 엄마는 전세계의 수도를 전부 외울 수 있었다. 세계에서 가장 높은 산도, 인구가 가장 많은 국가도 말할 수 있었다. "이건 비밀인데, 사실 나는 여행이 무서워. 공항도 무섭고." 그렇게 말하고 엄마가 갑자기 눈물을 흘렸다. 이모가 엄마의 어깨를 쓰다듬어주었다. "사실 나는 영화를 예고편만 본다. 그래놓고 사람들한텐 본 것처럼 거짓말을 해." 이모는 혼자 영화를 보는 게 무섭다고 말했다. 그리고 천장을 손가락으로 가리켰다. 이모는 엄마에게 내가 천장에 처음으로 낙서한 사람이라고 말했다. 그후로 다른 아이들도 천장에 낙서를 하기 시작했다고. 엄마가 고개를 꺾고 내이름을 한참 보더니 말했다. "그 애 꿈을 꾸고 싶어서 나는 잠을 자. 어떤 날은 종일 자기도 해. 그런데도 한번도 꿈속에 나오질 않아. 그게 무서워." 엄마가 우는 모습을 정면에서 보는 건 처음이었다. 엄마와 나는 즐거울 때는 같이 웃었지만 슬플 때는 서로 모른 척했다. 위로를 해주지 않는 엄마에게 가끔 상처를 받기도 했다. 엄마도 나에게 상처를 받았을까? 생각해보니 나는 엄마의 슬픔을 알아차린 적이 거의 없었다. 엄마는 들키지 않았으니까. 나는 엄마가 실컷 울 수 있도록 가게 밖으로 나왔다. 어렸을 때 나는 눈물샘이 자주 막혔다. 슬픈 일이 생기면 그때의 내 사진을 보았다. 눈이 붓고 눈곱이 낀 아기. 울고 싶어도 울지 못하는 아기. 다시 눈물샘이 막힌 아기가 된 기분이었다. 울고 싶은데 눈물이 흐르지 않는 아기. 나는 계단에 앉아서 눈을 맞았다. 내 몸을 그대로 통과하는 눈. 눈이 펑펑 내렸다. 쌓인 눈을 보자 내가 죽은 게 어제 일처럼 느껴졌다.

나는 사고가 났던 사거리까지 걸어가보았다. 횡단보도 앞에서 한참을 서 있었다. 내 옆에 서 있던 여자가 누군가에게 전화를 걸었다. "기분이 꾸물꾸물해." 꾸물꾸물, 그 말이 너무 예뻐서 눈물이 날 것 같았다. 나는 여자를 따라 횡단보도를 건넜다. 그러다 사고가 났던 그 자리에 멈춰 섰다. 신호가 바뀌고 차들이 지나갔다. 내 몸을 통과해서. 다시 신호가 바뀌고 사람들이 건넜다. 마치 내가 보이는 것처럼 모두들 나를 피해서 지나갔다. 버스 정류장에 할머니 한분이 앉아 있었다. 가까이 가보니 허공에 대고 그러게, 그러게, 하며 혼잣말을 했다. 나는 할머니 옆에 앉았다. 그리고 할머니 귀에 대고 속삭여보았다. "일년 내내 눈이 왔으면 좋겠어요." "그러게, 그러게." "시간이 멈췄으면 좋겠어요." "그러게, 그러게." 할머니의 혼잣말을 듣다보니 지각을 자주 하던 미리가 생각났다. 미리는 전학을 와서 처음으로 사귄 친구였다. 예정일보다 두달이나 일찍 태어나서 부모님이 이름을 그렇게 지었다는 농담을 자주 했다. 미리가 지각을 하는 이유는 다양했다. 어떤 날은 구름이 예뻐서, 어떤 날은 비가 내려서, 어떤 날은 좋아하는 노래가 가게에서 들려와서. "오늘은 어떤 아이가 바나나우유를 먹으면서 길을 걸어가고 있는 거예요. 그게 귀여워서 늦었어요." 미리가 그렇게 말하면 선생님들은 한숨을 쉬고는 그거랑 지각이랑 무슨 상관이 있느냐고 물었다. 그러면 미리는 이렇게 대답했다. 그 풍경을 오래 간직하고 싶었다고. 그래서 바로 학교에 올 수가 없었다고. 한번은 점심 시간이 지나서 학교에 온 적도 있었다. 어떤 할머니가 버스 정류장에 앉아서 트로트를 부르고 있었는데 가만히 들어보니 너무 구슬펐다고. 그래서 할머니를 따라 버스를 탔다가 종점까지 갔다 왔다고. 미리의 말이 생각나서 나도 할머니를 따라 버스에 탔다. 할머니는 자리에 앉자마자 졸기 시작했다. 버스 기사가 졸고 있는 할머니를 힐끗 보더니 어딘가로 전화를 했다. 한참 후, 아주머니 한분이 버스에 타더니 기사에게 고맙다는 인사를 했다. 그리고 졸고 있는 할머니에게 다가가 어깨를 흔들었다. "엄마, 엄마. 집에 가자." 그러자 할머니가 눈을 떴다. 어리둥절해하는 할머니의 뺨을 딸이 쓰다듬었다. "다 왔어?" 할머니가 말했다. "응." 딸이 말했다. 할머니와 딸이 버스에서 내리자 기사가 손님들에게 오래 정차해서 죄송합니다, 하고 말했다. 나는 할머니를 따라 내리지 않고 종점까지 갔다. 종점에는 테니스장이 있었다. 나는 눈 쌓인 테니스코트를 걸었다. 한바퀴를 걷고 뒤돌아보았다. 두바퀴를 걷고 또 뒤돌아보았다. 아무도 밟지 않은 새하얀 눈밭이 내 등 뒤에 펼쳐졌다. 나는 눈이 녹을 때까지 그곳에 머물렀다. 사람들이 테니스를 치러 왔고 공이 왔다 갔다 하는 걸 구경하다보니 시간이 저절로 흘렀다. 봄이 되었고 나는 버스 정류장으로 가서 처음으로 오는 버스를 탔다. 그리고 반대편 종점까지 갔다. 등산 가방을 멘 사람들이 산으로 올라가고 있었다. 그 사람들을 따라갔더니 약수터가 나왔다. 거기에서 배드민턴 치는 사람들을 구경했다. 저녁이 되면 아무 버스를 타고 아무 동네에 내렸다. 탁구장에 가서 탁구 경기를 구경했다. 고개를 좌우로 움직이다보니 아무 생각도 나지 않았다. 그게 좋았다. 탁구장 벽에는 전국 아마추어 동호회 탁구 대회가 열린다는 포스터가 붙어 있었다. 날짜를 기억했다가 구경을 가기도 했다. 작은 능력이 생겼다. 탁구공이나 셔틀콕의 방향을 바꿀 수 있었다. 그래서 경기를 구경하다가 내가 응원하는 팀이 생기면 살짝 도와주곤 했다. 공중 부양이나 하늘을 나는 능력이 생기면 좋겠지만 그건 되지 않았다. 한번은 연날리기를 하는 아이들을 만나서 연에 매달려봤다. 하늘을 나는 양탄자에 탄 기분일 줄 알았는데 너무 무서워서 눈도 못 떴다. 한달 내내 비가 내렸다. 그러고 난 다음 무더위가 시작되었다. 심심해서 탁구 경기를 방해했다. 안경 낀 아이와 치아교정기를 한 아이가 시합을 하고 있었다. 안경 낀 아이의 공이 테이블을 벗어나려고 할 때마다 나는 입김을 불었다. 그때마다 교정기를 한 아이가 어이없다는 표정을 지었다. 처음에는 한두번만 방해하려 했는데 교정한 아이가 억울해하는 표정이 귀여워서 계속하게 되었다. 경기가 끝나고 두 아이가 모두 울었다. 두 아이는 서로에게 미안하다고 말했다. 이긴 아이도 울어서 나는 조금 당황했다. "내 비밀 장소에 가볼래?" 운동복을 갈아 입은 다음 안경이 교정기에게 물었다. 나는 둘을 따라가 보았다. 둘은 탁구장을 나와 아파트 단지를 지나쳐 한참을 걸었다. 그러다 어느 버스 정류장 근처에서 안경이 갑자기 멈춰 섰다. "여기 기분이 이상하지. 갑자기 <u>으스스</u>하지 않아?" 그리고 자기 발밑을 가리켰다. 거기에는 '우리 동네에서 온도가 가장 낮은 곳'이라고 적힌 스티커가 붙어 있었다. 스티커 가운데에는 발바닥 모양이 그려져 있었다. 안경이 그곳에 두 발을 올리면서 말했다. "작년에 여길 발견했어. 마음이 힘들 때면 나는 여기에 와." 그 말에 교정기가 두 팔을 펼치고 제자리돌기를 했다. "나는 마음이 힘들면 제자리돌기를 해. 어지러울 때까지." 열바퀴를 돌더니 다시 입을 열었다. "여기서 도니까 덜 어지러운 것 같아." 그 말에 안경이 따라서 제자리돌기를 했다. 나도 따라서 해보았다. 당연히 어지럽지 않았지만 어지러운 척 다리를 휘청거려보았다. 아이들이 떠난 뒤에도 나는 그 자리에 머물렀다. <u>으스스</u>, <u>으스스</u>, 그렇게 중얼거려보면서. 등이 서늘해지고 발이 시려오는 것 같았다.

4

더위가 사라질 때까지 나는 그 자리에 서 있었다. 그사이 탁구 시합을 했던 아이 중 한명이 다시 찾아와 제자리 돌기를 한번 더 하고 갔다. "미안하지만, 여긴 내 자리거든." 그러던 어느 날, 나처럼 교복을 입은 아이가 내게 말했다. 가슴에 아크릴 명찰이 두개나 달려 있었다. 김지구. 이본. "둘 중 어느 게 네 이름이야?" 내가 묻자 아이가 명찰의 이름을 차례대로 가리켰다. "비밀이야. 그냥 둘을 합해서 지구본이라고 불러." 지구본이 내 이름을 물어봤다. 나는 양말을 보여주며 짝짝이라고 불러달라고 했다. 지구본은 이년 전에 교통사고를 당해서 죽었다고 했다. 신호 위반을 한 오토바이가 좌회전을 하던 트럭을 받았고, 트럭 기사가 핸들을 꺾다가 승용차를 받았고, 승용차가 앞으로 밀리면서 횡단보도에 서 있던 지구본을 덮쳤다고. 지구본은 지난봄부터 이곳에서 지냈다고 했다. 우연히 지나가다 바닥에 붙어 있는 스티커를 보았다고. "사람들이 여길 지나갈 때마다 내가 입김을 불어줘. 더 오싹하게." 지구본은 낮에는 주로 이곳에서 시간을 보내고 저녁이면 집에 돌아간다고 했다. 집에 가서 엄마에게 자장가를 불러준다고. 지구본의 엄마는 딸이 죽은 후 잠을 이루지 못했다. 지구본의 엄마는 은행에서 일을 했다. 학원이 근처라서 퇴근길에 딸을 데리러 가곤 했는데, 그날은 지점장이 자기 딸 결혼식에 와줘서 고맙다며 직원들에게 저녁을 샀다. 딸이 죽은 후 지구본의 엄마는 지점장을 미워했다. 그날 회식만 하지 않았더라면. 그 생각이 멈추지 않았다. 그러다 지점장의 딸까지 미워하게 되었다. 그래서 지구본은 매일 밤 엄마의 꿈속에 들어가 자장가를 불렀다고 했다. 그렇게 이년을 불렀더니 이제는 잠을 잘 잔다고. "우리 엄마 잘 자게 하려고 내가 안 불러본 노래가 없어. 동요도 부르고 트로트로 부르고, 그것도 안 돼서 아이돌 노래까지 불러봤다니까." 나는 지구본에게 어떻게 하면 꿈속에 들어갈 수 있는지 물어봤다. "그건, 비밀." 지구본이 입술을 삐죽거렸다. 내가 실망한 표정을 짓자 지구본이 다시 말했다. "나도 어렵게 알게 된 건데 쉽게 알려줄 수 없지." 나는 지구본에게 고백했다. 엄마가 내 생각을 하며 잠 못 이루기를 기도했다고. 엄마가 잠을 잘 자서 슬펐고, 그걸 슬퍼하는 스스로 때문에 더 슬펐다고. 내가 그렇게 못된 아이라고. 내 이야기를 들은 지구본이 팔짱을 끼고 한참을 망설이다가 친구 이야기를 해주었다. 또 다른 지구본 이야기를. 지구와 본은 유치원 때 만나 같은 초등학교와 같은 중학교를 다닌 사이였다. 서로의 일기를 교환해서 볼 정도로 단짝이었는데 한 친구가 전학을 가면서 갈라지게 되었다. 그래서 둘은 고등학교 교복을 맞춘 뒤 서로의 이름을 새긴 명찰을 하나씩 나눠 가졌다. "내가 죽었는데 글쎄 걔는 잠만 잘 자는 거야." 지구본은 그게 너무 속상해서 일부러 악몽을 꾸게 하기도 했다. "그러다 걔가 그만 불면증에 걸리고 말았어." 친구는 칠년 동안이나 쓰던 지우개를 잃어버렸다. 초등학교 5학년 때, 지우개를 잃어버리지 않고 끝까지 다 쓰면 소원이 이루어진다는 말을 듣고 둘은 지우개를 하나씩 사서 나눠 가졌다. 지우개를 끝까지 다 쓰면 기념으로 놀이공원에 가서 바이킹을 타기로 약속도 했다. 친구는 지우개를 잃어버린 뒤 너무 속상해서 혼자 바이킹을 타러 갔다. 바이킹을 타는 동안은 실컷 울어도 괜찮았고, 그래서 일곱번이나 연달아 바이킹을 탔다. "그날부터 불면증이 시작됐어. 걔가 좋아하는 세븐틴 노래를 불러줘도 안 통해. 지지난달부터는 걔 옆에 종일 붙어서 노래를 불렀어. 그래서 여기도 오래간만에 온 거야." 지구본이 내 손을 잡았다. 그리고 발바닥 스티커 가운데 섰다. "슬플 때 나는 여기에 서서 땅 아래로 사라지는 상상을 하곤 해. 그리고 지구 반대편에서 다시 태어나는 거지. 거긴 한마디도 알아듣지 못하는 언어로 가득 찬 세상이야." 그러면서 지구본은 말했다. 사랑하는 사람을 잃은 사람에게는 언제든지 한번씩은 찾아온다고. 잠 못 이루는 날들이. 나는 지구본을 따라 또다른 지구본의 집으로 갔다. 그 아이의 집에 가보니 누가 지구이고 누가 본인지 알 것 같았다. 벽에 커다란 세계지도가 붙어 있었으니까. "저걸 보고 이름을 추측했지? 하지만 그건 편견일 수도 있어." 지구본이 웃으며 말했다. 또다른 지구본은 침대에 누워 멍하니 천장을 바라보고 있었다. 지구본이 친구의 왼쪽에 누웠다. 나는 오른쪽에 누웠다. "손도 잡아." 지구본이 내게 말했다. 나는 지구본 친구의 손을 잡았다. "나는 꿈속에 처음 들어가는 데 세달이나 걸렸어." 지구본이 말했다. 그렇게 어렵게 알아낸 비법을 알려줘서 고맙다고 말했더니 지구본이 별거 아니라고 했다. 자기도 사실은 누가 알려줬다고. "그냥 손을 잡고 같이 누워서 기분 좋은 상상을 하면 되더라고. 그리고 깜빡 졸기를 기다리는 거지." 지구본은 아빠랑 물총 싸움을 하던 어린 시절을 떠올린다고 했다. 지구본에게 그 비법을 알려준 사람은 수영장 배수구에 발이 끼어서 죽은 아이였다. "그 아이는 아버지가 여장을 하고 유치원에 왔던 날을 떠올린대. 엄마가 돌아가시고 그 충격으로 말을 하지 못했는데, 아빠가 엄마 옷을 입고 유치원까지 왔더래." 아름다운 이야기네, 하고 내가 중얼거렸다. 지구본이 맞아, 맞아, 하고 대꾸했다. 나는 내가 들고 있던 풍선이 날아가 울던 어느 날을 떠올렸다. 아빠가 그 풍선을 잡기 위해 점프를 했고 그 모습에 엄마가 웃었다. 상상하면 상상할수록 그날의 풍경이 더 선명해졌다. 공원에 꽃이 피었고, 구름이 흘러갔고, 솜사탕이 점점 커졌다. 그러다 꿈속으로 들어갔다. 나는 바이킹을 탔다. 내 맞은편에는 두 지구본이 앉아 있었다. 그 아이들은 웃으면서 비명을 질렀다. 그러고는 목이 터져라 노래를 불렀다. 노래방에 온 아이들처럼. 그 모습을 보다 생각했다. 이제 집에 가야겠다고.

발코니 건조대에는 내가 죽은 날 신은 짝짝이 양말이 걸려 있었다. 엄마는 퇴근하고 돌아오면 샤워를 하고 양말을 빨아 건조대에 걸었다. 그리고 다음 날 다시 신고 출근을 했다. 마치 양말이 한켤레밖에 없는 사람처럼. 양말을 빨고 나면 엄마는 텔레비전을 보았다. 오래전에 종영

한 드라마를. 어떤 날은 흑백으로 된 드라마를 보기도 했
다. 이미 세상에서 사라진 배우들이 등장하는 그런 드라
마를. 엄마가 침대에 누우면 나는 옆에 누워서 엄마의 오
른손을 잡았다. 새 운동화를 사고 싶어서 일주일 내내 「새
신」이라는 동요를 불러대던 어느 여름날을 떠올렸다. 새
신을 신고 뛰어보자. 내가 거기까지 부르면 엄마가 팔짝,
하고 큰 소리로 외쳐주었다. 어떤 날은 폴짝, 어떤 날은 펄
쩍. 엄마는 그 부분을 마음대로 바꿔 불렀다. 첫째 날, 엄
마의 꿈속에서 나는 눈에 들어가기에는 너무 커버렸다
며 울었다. 둘째 날, 엄마와 킥보드를 탔다. 집 앞에 있는
개천 산책로였다. 나는 엄마가 걷는 속도에 맞춰 킥보드
를 탔다. 그러다 조금씩 속도를 냈다. "엄마, 따라와봐요."
내 말에 엄마는 뛰었다. 엄마가 뛰어오는 게 느껴지자 나
는 더 빨리 속도를 냈다. "나는 먼저 가요, 씽씽." 내가 외
쳤다. 꿈속에서 엄마는 내 말을 여러번 따라 했다. "나는
먼저 가요, 씽씽." 셋째 날, 동물원에서 솜사탕을 파는 아
저씨가 나왔다. 가까운 매점이 있는데도 꼭 엄마한테 와
서 추로스를 사 먹던 아저씨였다. 엄마를 짝사랑하는 게
틀림없었다. 나 몰래 데이트라도 좀 해, 하고 나는 엄마에
게 속삭였다. 넷째 날, 할머니의 무릎을 베고 잠을 자는 어

린 엄마를 만났다. 놀다 다쳤는지 무릎에 딱지가 앉아 있었다. 잠결에 엄마는 상처를 긁으려 했고 그때마다 할머니가 엄마의 손등을 살짝 때렸다. 나는 할머니에게 인사를 했다. "안녕하세요, 우리 엄마를 닮았네요." 할머니는 지금 엄마보다 더 젊은 얼굴을 하고 있었고 그래서 할머니라는 말이 입 밖으로 나오지 않았다. 할머니가 말했다. "안녕하세요, 우리 딸을 닮았네요." 그러면서 할머니는 엄마의 가슴을 토닥토닥 두드려주었다. 나는 엄마의 귀에 대고 속삭였다. "나중에 내가 엄마의 엄마가 되어줄게. 그러면 엄마는 또 엄마의 엄마의 엄마가 되어줘." 그렇게 속삭였더니 할머니는 사라지고 내가 할머니가 되었다. 나는 내 무릎을 베고 누운 엄마의 머리카락을 쓰다듬었다. 무릎을 베고 누우면 나 아주 어릴 적 그랬던 것처럼 머리칼을 넘겨줘요. 나는 나지막이 노래를 불렀다. 엄마가 자면서 미소를 짓는 것 같았다. 내일 나는 세발자전거를 타다 넘어지는 엄마의 꿈을 꿀 것이다. 모레는 한글을 배우는 엄마의 꿈을 꿀 것이다. 모래와 모레를 헷갈리고 불가사리와 불가사의를 헷갈리는 아이. 그때마다 삼촌은 엄마에게 꿀밤을 먹일 것이다. 아프지 않게, 살살. 엄마는 그렇게 매일 한살씩 나이를 먹겠지. 꿈속에서 엄마는 근사한 연

애를 하고, 다정하면서도 책임감 강한 남자와 결혼을 하고, 아무리 화가 나도 방문을 걸어 잠그지 않는 딸을 낳을 것이다. 그 딸은 원하는 대학에 들어가지 못해 재수를 할 것이고, 엄마는 갑자기 살이 쪄서 탁구를 배우러 다닐 것이고, 로또 복권 삼등에 두번이나 당첨될 것이다. 그 돈으로 예순살이 되면 세계 일주를 할 것이다. 그때까지 나는 매일 밤 내 무릎을 베고 잠든 엄마에게 자장가를 불러줄 것이다. 내가 아주 어릴 적 엄마가 내게 그랬던 것처럼.

웃는 돌

1

외할머니의 팔순 잔치에 외할머니가 참석하지 않았다. 할머니를 모시러 간 삼촌이 고개를 절레절레 흔들며 혼자 돌아왔다. 그러면서 할머니의 말을 전했다. 요약하면 이랬다. 팔십까지 살았으니 일찍 죽은 귀신들이 시샘할지도 모른다고. 그러니 오늘 하루는 집에서 정갈하게 있겠다고. 하지만 모인 자식들은 신나게 먹고 놀았으면 좋겠다고. 할머니는 밥값을 하라며 삼촌 편에 돈을 이백만원이나 보냈다. 네명의 딸과 막내아들, 다섯명의 사위, 그리고 아홉명의 손주들은 그 돈으로 갈비를 구워 먹었다. 엄마가 돌아가신 뒤 할머니는 나만 보면 울었고, 나는 할머니가 오지 않는다는 사실에 마음 한편이 조금 가벼워졌다. 외가는 가족 모임을 하면 술파와 비술파로 나눠 앉았다. 딸들은 술파에 속했고 사위들은 비술파에 속했다. 둘째이모네와 다섯째이모네만 빼고. 둘째이모네는 둘 다 술을 못 마셨고 다섯째이모네는 둘 다 술을 잘 마셨다. 삼촌은 술을 좋아했지만 평생 누나들의 잔소리를 듣고 살았다며 비술파에 앉았다. 이모들은 나를 술파에 넣어주었다. 그건 내가 술을 잘 마셔서가 아니라, 술파 중에서 가장 주당이었던 엄마의 자리를 내게 물려준 것이었다. 술을 한 잔씩 마시자 이모들은 할머니 일화를 이야기하기 시작했다. 술만 취하면 부인을 때리던 옆집 남자에게 똥을 뿌렸고, 시어머니를 구박하는 며느리가 운영하는 점방에서는 절대 물건을 사지 않았다는 이야기들. "나 거기서 새우깡 샀다가 얼마나 혼났는데. 엄마 고집은 아무도 못 말려. 코가 들창코라 그런가?" 넷째이모의 말에 할머니의 코를 가장 많이 닮은 첫째이모가 난 안 그래,라고 반박을 했다. 코 성형수술을 한 다섯째이모도 나도 안 그래,라고 맞장구를 쳤다. 그 말에 옆에 앉아 있던 이모부가 고개를 흔들었다. 할머니는 할아버지에게 십년 동안 말을 하지 않은 적도 있었다. 할아버지가 노름을 해서 고추밭을 날렸기 때문이었다. 할머니는 할아버지에게 전하고 싶은 말이 있으면 허공에 대고 혼잣말을 했다고 한다. "어쩌다 다시 대화를 하게 되었어요?" 내가 묻자 첫째이모가 대답했다. "내가 결혼하고 나서. 사위가 처갓집 무시할지도 모른다며." 넷째이모는 할머니가 군에서 주는 '장한 어머니 상'을 거부한 사연을 들려주었다. 첫째이모가 상고를 졸업하고 농협에서 일을 한 적이 있었다. 오일장에 호미를 사러 갔다가 버스 시간이 남아서 외할머니는 딸이 일하는 모습을 몰래 구경하러 갔는데, 거기에서 지점장이 첫째이모에게 믹스커피가 반쯤 남은 종이컵을 건네며 반말로 버리라고 하는 것을 보았다. 이십여년 후, 그 지점장은 군수가 되었다. 할머니는 군수에게 그때 그 일을 사과해야 상을 받으러 가겠다고 말했다. 당연히 군수는 자신을 모함한다며 화를 냈다. 할머니에게 치매에 걸린 노인네라고 욕도 했다. "그래서 시상식에 안 가고 화환을 보냈잖아. 치매에 걸린 노인이라고 써서." 그 이야기를 하고 이모들이 웃었다. 건배를 하고 또 하며 웃었다. 할머니 일화 중 내가 제일 좋아하는 이야기는 '슈퍼 호박 대회'에 나간 것이다. 둘째이모네 큰딸인 정연이 누나가 교통사고로 크게 다쳤을 때였다. 그 소식을 들은 할머니는 뒤뜰 우물가에 가서 울었다. 한참을 울다 정신을 차려보니 텃밭이 환하게 보였다. 할머니는 낮에 내린 비가 고인 자리에 보름달이 비춘 거라 생각하고 하늘을 올려다보았다. 구름이 끼어 달은 보이지 않았다. 그럼 밭에서 빛나는 저건 무엇인가. 가까이 가서 보자 주먹만 한 호박 하나가 보였다. 그걸 보자 할머니는 정연이 누나가 초등학생 때 호박꽃을 따서 소꿉장난을 하던 게 기억났다. 꽃을 땄다고 혼내자 눈을 동그랗게 뜨고 열매가 없는 수꽃만 땄다고 말하던 모습이. 할머니는 그런 아이니 잘 이겨낼 거라는 생각이 들었다. 그날 이후 할머니는 그 호박을 정성스럽게 키우기 시작했다. 호박이 열린 텃밭에 비닐하우스를 만들었다. 퇴비도 직접 만들었고 물도 약수터에서 받아다 주었다. 한시간에 한번씩 호박을 닦으면서 할머니는 기도를 했다. 호박은 무럭무럭 자랐고, 그 결과 101킬로그램으로 대상을 받았다. 외갓집 거실에는 양팔을 벌려 호박을 안고 있는 할머니의 사진이 걸려 있다. 그 덕분인지 다시 걸을 수 없을지도 모른다던 정연이 누나는 이제 전국의 산을 누비는 백패커가 되었다. 할머니가 준 밥값이 남았다며 삼촌은 아홉명의 조카들에게 오만원씩 용돈을 주었다. 돈을 줄 때마다 효도해라,라는 말을 하면서. 우리는 갈비집 입구에서 단체 사진을 찍었다. 첫째이모부가 내년에는 누구든 결혼 좀 해라,

웃는 돌

하고 외쳤다. 지나가는 사람들이 쳐다봐서 조금 쪽팔렸다. 헤어지기 전에 삼촌은 내게 아르바이트를 하지 않겠느냐고 물었다. 새로 일을 시작했는데 아직 정직원을 뽑을 형편이 되지 않는다고. 삼촌은 월급도 많지 않고 일도 많지 않지만 재미는 있을 거라고 했다. 나는 삼촌에게 생각해보겠다고 대답했다.

아버지와 나는 택시를 타고 돌아왔다. 아파트 입구에 내려 상가를 지나가는데 아버지가 물었다. "너도 저기서 혼자 술 마셔본 적 있니?" 아버지가 가리키는 쪽을 보니 편의점 파라솔에서 혼자 맥주를 마시는 남자가 있었다. 한쪽 다리에 깁스를 했다. "아니요. 혼자 컵라면은 많이 먹어봤죠." 내 말에 아버지가 한잔 더 할래? 하고 물었다. 내가 고개를 끄떡이자 아버지가 카드를 주면서 안주를 사오라고 말했다. 나는 무슨 안주를 골라야 할지 몰라 편의점을 한바퀴 돌았다. 갈비를 먹었으니 배가 부르지 않은 안주로 골라야 할 텐데. 그렇다고 과자를 사고 싶지는 않았다. 누군가 허니버터먹태를 사는 것을 보고 나도 같은 걸 집었다. 먹태를 고른 사람은 주류 냉장고로 가서 망설임 없이 네종류의 맥주를 꺼냈다. 나도 그 사람을 따라 똑같은 맥주를 골랐다. 밖에 나와보니 아버지가 혼자 맥주를 마시던 남자와 이야기를 하고 있었다. 내가 아버지 앞에 앉자 맥주를 마시던 남자가 캔을 우그러트린 뒤에 자리에서 일어났다. "다리도 불편한데 두세요. 제가 치워드릴게요." 아버지의 말에 남자가 고맙다고 인사를 했다. 아버지와 나는 목발을 짚고 천천히 걸어가는 남자의 뒷모습을 바라보았다. "무슨 이야기 하셨어요?" 내가 묻자 아버지가 하늘을 보았다. "저 달이 초승달인지 그믐달인지 그 이야기를 했지." 나도 아버지를 따라 하늘을 보았다. 초승달이 아주 가늘게, 내일이면 사라질 것처럼, 보였다. 아버지가 맥주 한 캔을 따더니 내게 건네주었다. 나는 남은 세 캔 중 빨간색 왕관이 그려진 맥주를 골라 아버지에게 건넸다. 우리는 건배를 했다. 술을 잘 못 마시는 아버지가 맥주를 한모금 마시고는 시원하네, 하고 말했다. 맥주가 시원하게 느껴지는 걸 보니 올여름은 꽤 더울 것 같다는 말을 덧붙였다. 나는 아버지에게 할머니가 십년 동안이나 할아버지한테 말을 하지 않은 적이 있다는 걸 알고 있느냐고 물었다. "응, 그랬지. 네 엄마가 그 이야기를 자주 했어. 그런 엄마 딸이니 당신도 잘못하면 내가 십년 동안 말 안 할 거야, 그렇게 협박을 했다니까." 아버지의 말에 나는 말을 안 하는 엄마의 모습을 상상해보았다. 그러자 입안이 근질근질해졌다. 그건 엄마가 자주 쓰는 말이었다. "엄마가? 말을 참는다고?" 내 말에 아버지가 웃었다. "그러게. 네 엄마가." 아버지가 다시 맥주 한모금을 마셨다. 그리고 먹태를 집어 소스를 듬뿍 찍었다. "맛있네." 나도 아버지를 따라 안주를 먹었다. "맛있네요." 아버지는 다시 한번 맥주를 마셨다. 그리고 또 먹태를 먹었다. 안주를 씹다가 아버지가 혼자 피식 웃었다. 내가 왜 웃냐고 묻자 외갓집에 처음 인사 간 날이 생각나서 웃었다고 했다. 그러면서 그날 할머니가 아버지에게 해준 이야기를 내게 전해주었다. 할머니는 엄마를 낳기 전에 아이 하나를 잃었다. 백일도 치르지 못하고. 그 아이를 잃고 할머니는 일년 넘게 우울증을 앓았다. 그러던 어느 날 할머니는 이상한 꿈을 꾸었다. 꿈속에서 할머니는 산길을 걷고 있었다. 안개가 긴 오솔길이었고 새소리가 아주 먼 곳에서 들려왔다. 한참을 걷는데 달걀만 한 돌멩이 하나가 툭 하고 땅속에서 튀어나왔다. 조금 더 걷다보니 또다른 돌멩이 하나가 또 튀어올랐다. 돌에는 눈 코 입이 그려져 있었다. 징그러워. 할머니는 돌멩이를 발로 찼다. 그러자 수많은 돌멩이가 개구리처럼 폴짝폴짝 뛰어올랐다. 할머니는 쪼그려 앉아 돌멩이에 그려진 눈 코 입을 자세히 들여다보았다. 웃는 돌멩이, 우는 돌멩이, 화내는 돌멩이, 시무룩한 돌멩이. 할머니는 그중에서 가장 예쁘게 웃는 돌을 골라 고쟁이 주머니에 집어넣었다. 다시 길을 걷는데 고쟁이 속에서 달그락달그락 소리가 들렸다. 그때 외할머니는 꿈속에서도 셋째 아이를 임신했다는 것을 깨달았다. "태몽을 들려주더니 네 할머니가 내 손을 잡더라. 그러더니 내가 차돌멩이처럼 생겨서 마음에 든다고 그러시더라고. 그때 아빠가 뭐라고 대답했는지 아니?" 아버지는 돌멩이처럼 단단한 아이를 낳아 행복하게 살겠다고 대답하려고 했다. 하지만 너무 긴장한 나머지 이렇게 대답했다고 한다. "돌멩이도 웃길 수 있는 사람이 되겠습니다." 유머 감각이라고는 하나도 없는 아버지가 돌멩이도 웃기겠다고 다짐을 했다니. 아버지가 또 피식 웃었다. 그러더니 내게 삼촌과 같이 일을 해보라고 했다. "처남은 돌멩이도 웃길 사람이잖아." 고등학교를 졸업하고 집에만 있는 내게 아버지는 지금까지 아무 말도 하지 않았다. 나는 아버지에게 고맙다고 대답하려다 말았다. 그 대신 말없이 고개를 끄덕였다. 우리는 캔맥주를 하나씩 마시고 나머지 두개를 들고 집으로 돌아왔다. 초승달은 구름에 가려 보이지 않았다.

2

대학을 졸업하고 지금까지 삼촌은 여러번 직업을 바꾸었다. 삼촌이 새 일을 시작하면 이모들은 이번에는 얼마나 가나 보자며 내기를 하곤 했다. 이년 이상에 돈을 거는 이모들은 없었다. 그 이상을 버틴 적이 지금까지 한번도 없었다는 거였다. "아니야. 지난번 샌드위치 가게 했을 때 기억나지? 이년 하고 사개월이나 했어. 가게가 안 나가서." 그러면서 삼촌은 내게 처음으로 했던 아르바이트 이야기를 들려주었다. 제대를 한 뒤 삼촌은 수산물 냉동창고에서 육개월 동안 일을 했다. 돈을 모아 유럽으로 배낭여행을 떠날 계획이었다. 오개월이 지날 즈음 삼촌은 일을 하다가 오른쪽 발등이 부러지는 사고를 당했다. 냉동 생선 박스가 삼촌의 발등으로 떨어진 것이었다. 창고 사장이 병원으로 찾아와 사과를 했다. 그러면서 돈이 더 필요하다면 앉아서도 할 수 있는 다른 일자리를 주겠다고 말했다. "그래서 한달 정도 쉰 다음 창고 사장이 운영하는 동태포 포장업체에서 일을 했지. 어차피 다리 때문에 유럽 여행도 못 가니까." 삼촌은 아주머니들과 같이 둘러앉아 동태포를 포장했다. 다섯명 누나들의 수다를 듣고 살아서 삼촌은 아주머니들과도 잘 어울렸다. 가끔 퇴근을 한 뒤에 동태전을 만들어 아주머니들과 막걸리를 마시곤 했다. 반장 아주머니에게는 아들이 하나 있었는데 그 아들을 군대에서 잃었다. 폭발 사고였다. 반장 아주머니는 술을 한잔하면 그 아들과 삼촌이 닮았다는 말을 하고 또 했다. 삼촌이 일을 그만두던 날 반장 아주머니가 삼촌의 손을 꼭 잡고 말했다. 잘 살라고. 삼촌은 복학을 했다. 아르바이트를 해서 번 돈으로 등록금을 내고 자취방을 새로 구했다. 그리고 여자친구도 사귀었다. 자취방은 옥탑이었는데, 어느 날 학교에 갔다 와보니 모르는 여자가 옥탑 평상에서 잠을 자고 있었다. 가까이 가보니 술 냄새가 났다. 삼촌은 자고 있는 여자에게 이불을 덮어준 다음 다시 학교에 갔다. 한참 후에 돌아와보니 평상에 이불이 반듯하게 개어져 있었다. "그렇게 서너번 왔나. 그러다 날이 추워져서 내가 흔들어 깨웠지. 둘이 콩나물해장국을 먹으러 갔고, 그 이후로 사귀게 되었어." 일년을 사귀다 기념으로 여행을 갔는데, 강원도의 어느 항구에서 아침밥을 먹다 반장 아주머니가 아들과 같이 찍은 사진을 발견했다. 그 집은 군부대와 가까운 곳에 있었고, 그래서 면회를 온 가족들이 식사를 하러 오면 즉석카메라로 사진을 찍어주는 이벤트를 진행했다. 삼촌은 계산을 마친 뒤 화장실에 간 여자친구를 기다리며 사진을 붙여놓는 게시판을 들여다보았다. 거기서 그 사진을 보았다. 반장 아주머니는 아들의 팔짱을 끼고 있었다. 아들은 상병이었다. 삼촌과 닮은 것도 같았고 닮지 않은 것도 같았다. 여자친구가 무엇을 보고 있느냐고 물어서 삼촌은 반장 아주머니 이야기를 들려주었다. 여자친구가 오랫동안 사진을 들여다보았다. 막대가 세개네. 조금만 더 있으면 병장이고 조금만 더 있으면 제대였네. 여자친구가 중얼거렸다. 그리고 그날 저녁 바닷가에서 불꽃놀이를 구경하다 삼촌에게 이런 고백을 했다. 사실 삼촌의 자취방은 죽은 남자친구가 예전에 살던 집이었다고. 삼촌을 사랑하는 게 아니라 그 방이 그리워 삼촌을 만나는 거라고. 여자친구와 헤어진 뒤 삼촌은 조금 방황을 했다. 그러다 동태포를 만들던 공장을 찾아가 다시 일을 하고 싶다고 했더니 아주머니들이 한마디씩 했다. 실연당해서 왔구먼. 대차게 차였나봐. 삼촌이 아무 말을 안 했는데 모두 똑같은 반응이었다. 내 얼굴에 쓰여 있어요? 하고 삼촌이 물으니 반장 아주머니가 웃으면서 대답했다. 실연이라고 아주 크게 쓰여 있다고. 반장 아주머니는 동태찌개를 끓여주었다. 포를 뜨고 남은 동태 대가리를 잔뜩 넣고 끓인 동태찌개였다. 세상에. 너무 맛있어서 삼촌은 실연 이후 잃었던 식욕을 되찾았다. 찌개와 막걸리 한병을 다 먹은 다음, 삼촌은 공장 한쪽에 쌓인 동태 대가리를 보았다. 그러자 문득 어떤 생각이 들었다. 삼촌은 자취방을 빼서 그 보증금으로 학교 근처에 작은 술집을 차렸다. 부엌 뒤쪽 창고에 간이침대를 두고 잠도 가게에서 잤다. 주력 메뉴는 동태전과 동태 대가리탕. 재료는 공장에서 싸게 대주었고, 안주가 저렴하다는 입소문이 나면서 빈자리가 없을 정도로 장사가 되었다. "그게 시작이었어. 거기서 계속 꼬리에 꼬리를 문 거지."

삼촌의 가게에 미나리랑 콩나물을 납품해주는 아저씨가 있었다. 물건을 배달해주면 삼촌은 커피를 한잔 타서 아저씨에게 드렸다. 트럭으로 할 수 있는 배달 일은 거의 다 해보았다는 아저씨는 허리디스크 수술을 두번이나 했다. 그리고 세번째로 디스크가 터진 뒤로 아저씨는 이제 그만 쉬고 싶다고 말했다. 그즈음 삼촌은 모든 게 지겨웠다. 동태 대가리도 지겹고, 얼굴도 본 적 없는 선후배들이 같은 과라며 서비스 안주를 달라는 것도 지겨웠다. 그래서 삼촌은 식자재 납품 일을 물려받았다. 일년 육개월 동안 가게에만 있다가 트럭을 몰고 다니니 숨통이 트이는 것 같았다. 그러던 어느 날 삼촌이 납품한 식품을 먹은 유치원 아이들이 식중독에 걸렸고 삼촌의 잘못은 아닌 것으로 밝혀졌지만 여러 납품처가 계약을 해지했다. 실의에 빠진 삼촌은 어느 가게에 들어가 낮술을 했다. 그러다 식당에서 틀어놓은 텔레비전에서 만물 트럭을 몰고 전국을 다니는 사람을 보았다. 삼촌은 만물 트럭상이 되었다. 여관비를 아끼려고 삼촌은 텐트를 샀다. 풍경 좋은 곳을 봐두었다가 장사를 마치면 그곳에서 잠을 잤다. 그때 삼촌은 일출과 일몰을 원 없이 보았다. 텐트에서 잠을 자다보니 다른 사람들은 배설을 어떻게 처리할지 궁금해졌고, 휴대용 간이 화장실을 수입해 판매하는 일을 하기 시작했다. 캠핑이 유행하기 전이어서 수요는 많지 않았다. 제품을 홍보하기 위해 삼촌은 캠핑동호회에 나가기 시작했고 거기에서 고깃집을 세개나 운영하는 사장님과 친해졌다. 삼촌을 좋게 본 사장님은 삼촌을 3호점의 매니저로 고용했다. 그곳에서 일하는 동안 삼촌은 살이 15킬로그램이나 쪘다. 그래서 집에서 고깃집까지 왕복 두시간 거리를 걸어서 출퇴근하기 시작했다. 걷다보면 중간쯤에 공원이 나오는데 거기에는 커피가게와 토스트 가게 그리고 꽃가게가 나란히 있었다. 삼촌은 출근길에 커피를 한잔 사서 마셨다. 그렇게 한두달이 지나자 토스트 가게 주인이 말을 붙였다. 커피만 마시지 말고 토스트도 한번 먹어보라고. 젊은 사람이 커피로만 아침을 때워서 되겠냐고. 토스트를 사 먹어봤더니 입에 맞았다. 그래서 그 이후로 삼촌은 십분 일찍 나와 공원에서 토스트와 커피로 아침 식사를 하게 되었다. 또 그렇게 서너달이 지나자 어느 날 꽃가게 주인이 한마디를 했다. 먹지만 말고 꽃도 사보라고. 아침에 꽃을 사면 하루 종일 얼마나 기분이 좋은지 아냐고. 그래서 삼촌은 꽃도 사보았다. 꽃을 들고 길을 걸으니 매일 걸었던 길이 달리 보였다. 다른 나라에 가본 적이 없었지만 삼촌은 여행자가 된 것 같은 기분이 들었다. 모든 게 너그러워졌고, 헤어진 여자친구에게 다시 연락을 하고 싶은 생각마저 들었다. 1호점과 2호점의 매니저들이 자신을 견제하는 게 피곤했던 삼촌은 꽃처럼 예쁜 것을 파는 사람이 되어야겠다고 결심했다. 삼촌은 꽃꽂이 학원에 등록을 했다. 그리고 얼마 지나지 않아 자신에게 꽃꽂이 재능이 없다는 것을 알게 되었다. 삼촌은 화훼단지에 취직을 해서 꽃이나 화분 배달을 하기 시작했다. 어쨌든 예쁜 것을 배달하는 사람이니까. 그러다 눈이 오는 날 미끄러져 사고가 났고, 왼쪽 다리가 부러져 수술을 했다. 같은 병실에는 골반뼈가 부러진 남자가 있었는데, 그 아내가 샌드위치 가게를 했다. 아내는 매일 샌드위치를 싸 와 병실 사람들에게 나눠주었다. 먹다보니 맛있어서 삼촌은 2호점을 낼 생각이 없느냐고 농담처럼 물었다. 그랬더니 장사가 잘되어 마침 가게 하나를 봐두었다는 대답이 돌아왔다. 삼촌은 여고 앞에 샌드위치 가게를 열었다. 삼촌네 가게에는 이틀에 한번씩은 샌드위치를 먹으러 오는 단골손님이 있었다. 가방에 하얀색 곰 인형을 달고 다니는 여학생 넷이었다. 삼촌은 그 학생들을 곰탱이들이라고 불렀다. 그중 두명은 샌드위치를 좋아하고 한명은 김밥을 좋아했다. 다른 한명은 둘 다 좋아했다. 그래서 홀숫날은 삼촌네 가게에 오고 짝숫날은 맞은편에 있는 김밥집에 갔다. 그 이야기를 들은 삼촌은 학생들에게 김밥을 포장해 와도 좋다고 말해주었다. 김밥을 포장해 오면 샌드위치도 김밥도 좋아하는 대로 매일 먹을 수 있으니까. 하루는 그중 한 학생이 고맙다며 김밥을 한줄 주었는데 그걸 먹어보고 삼촌은 깜짝 놀랐다. 너무 맛이 없었기 때문이었다. 삼촌은 김밥도 만들어 팔기로 했다. 입소문이 나서 나중에는 샌드위치보다 김밥이 더 잘 팔렸고 그러자 삼촌은 욕심이 나기 시작했다. 다양한 김밥을 개발해서 체인점 사업을 해야겠다는 생각이 들었다. 삼촌은 유명한 김밥집을 찾아 전국을 다니기 시작했다. 그러다 제주도까지 가게 되었다. 제주도에는 생각보다 맛있는 김밥집이 많아서 예정한 날보다 더 오래 머물게 되었고, 거기에서 단체 티셔츠를 맞춰 입고 가족여행을 온 사람들을 종종 만나게 되었다. 처음에는 유치해 보였는데, 자꾸 보다보니 삼촌도 한번쯤 그런 여행을 하고 싶다는 생각이 들었다. 단체 티셔츠를 입은 사람들의 얼굴이 하나같이 어린아이처럼 보였기 때문이었다. "그래서 티셔츠 사업이나 하자고 생각한 거지. 아주 재미나고, 아주 멋진 문구가 들어간 티셔츠들. 김밥집은 너무 많기도 하고." 삼촌은 그렇게 말하고는 책상을 손바닥으로 내리쳤다. "그러니, 이제 재미나게 일해보자고." 나는 시계를 보았다. 삼촌의 지난 십오년 동안의 직업 변천사를 듣다보니 퇴근할 시간이 다 되었다. 나는 삼촌에게 말했다. "사람들이 삼촌보고 귀 얇다고 안 그래?" 내 말에 삼촌이 손바닥으로 양쪽 귀를 막는 시늉을 했다. "절대. 팔랑귀들은 결정을 못하거든. 그리고 이건 비밀인데, 나는 한번도 망한 적이 없어." 삼촌의 말을 듣고 나는 속으로 생각했다. 망하기 전에 그만둔 거지.

주문은 가끔 들어왔다. 주로 가족여행을 떠나는 사람들의 단체 티셔츠였다. 그중에서 쉰다섯명이나 되는 대가족의 티셔츠를 제작하기도 했다. 구순의 어머니, 일곱명의 딸과 세명의 아들, 일곱명의 사위와 세명의 며느리, 그리고 스물세명의 손주, 네명의 손주사위와 세명의 손주며느리, 마지막으로 네명의 증손주. 티셔츠를 의뢰한 것은 첫째손주였다. 그는 두종류의 티셔츠를 의뢰했다. 하나는 하얀색 티셔츠였다. 앞에는 구순 기념 여행 중이라고 새기고, 뒤에는 첫째아들 둘째아들, 그런 식으로 새겨달라고 했다. 다른 하나의 티셔츠는 서열대로 색깔을 달리해달라고 했다. 구순의 할머니는 빨간색. 그 자식들은 파란색. 손주들은 회색. 증손주들은 분홍색. 그 티셔츠에는 달리 문구를 새기지 않았다. 삼촌은 지금까지의 고객 중 이런 대가족은 없었다며 기념으로 티셔츠를 하나씩 더 맞춰주겠다고 메일을 보냈다. 그러면서 그렇게 많은 자식들 중 누구도 이혼을 하지 않은 게 대단하다고 농담을 덧붙였다. 그러자 고객에게 이런 답이 왔다. 고맙다고. 티셔츠를 입고 단체 사진을 찍으면 꼭 보내주겠다고. 그리고 이렇게 덧붙였다. 그 많은 자식들 중 누구도 죽지 않은 게 더 대단한 거죠. 삼촌은 쉰다섯명의 가족 티셔츠를 야구단 컨셉으로 제작했다. 구순 할머니의 이름은 박복순. 띠는 원숭이띠. 그래서 삼촌은 오른쪽 가슴에 원숭이가 팔짱을 끼고 있는 그림을 그려넣었다. 그리고 그 아래 복순 멍키스라고 새겼다. 그리고 등번호는 나이로 정했다. 쉰다섯명의 가족이 똑같은 티셔츠를 입고 다니는 장면은 많은 여행객들의 눈에 띄었다. 그걸 사진으로 찍어 인터넷에 올리는 사람들이 생겼다. 또 스물세명의 손주들도 자신들의 인스타그램에 가족사진을 올렸다. 마침내 어느 뉴스에서는 야구 유니폼을 입은 가족사진이 단신으로 나오기도 했다. 그게 홍보가 되어서 하루에 한건 이상 주문이 들어오기 시작했다. 샌드위치 가게의 단골인 곰탕이들도 삼촌에게 티셔츠를 주문했다. 등에 자신들의 MBTI를 새겨달라는 거였다. 오십년 만에 모여 수학여행을 떠나는 초등학교 동창들은 옛 별명을 기억해냈다. 직원들이 입을 단체 티셔츠를 주문한 술집도 있었다. 앞면에는 적당히, 뒷면에는 기분 좋을 때까지,라고 새겼다. 나와 삼촌은 티셔츠를 직접 배달해주고 술을 한잔 사 마셨다. 세상에는 모임이 참 많았고 세상에는 부지런한 사람도 참 많았다. 축구 동호회, 야구 동호회, 테니스 동호회, 등산 동호회,

낚시 동호회…… 그것만이 아니었다. 이상한 모임도 많았다. 하루에 한끼 이상 돈가스를 먹는 사람들의 모임, 띠동갑과 결혼한 부부들의 모임, 2월 29일이 생일인 사람들의 모임. 나는 삼촌보고 직업을 열번 이상 바꾼 사람들의 모임 같은 것을 만들어보라고 농담을 했다. 2월 29일이 생일인 사람들은 생일날 가장 먹고 싶은 음식 이름을 적은 티셔츠를 만들었다. 회원마다 각자 먹고 싶은 음식을 세개씩 적어 보냈다. 삼촌에게 세가지 음식을 골라보라고 했더니 미역국, 불고기, 잡채라고 대답했다. "으. 재미없어." 나는 삼촌에게 사람들이 생일날 얼마나 다양한 걸 먹고 싶어하는지 알면 놀랄 거라고 말했다. 삼겹살, 카스텔라, 갈비찜, 수제비, 김치찜, 콩국수, 장어구이. 나는 사람들이 보내온 음식 이름을 불러주었다. "음. 그럼 새로 끓인 미역국." 삼촌이 말했다. 그게 무슨 말이냐고 물었더니 삼촌은 자기 생일 사흘 전이 우리 엄마 생일이라고 했다. 그리고 우리 엄마 생일 이틀 전이 외할아버지 생일이었다고. "아버지 생일날 엄마가 미역국을 한솥 끓여. 그리고 그걸 일주일 내내 먹는 거지. 그래서 누나랑 나는 생일날 새로 끓인 미역국을 못 먹어봤어. 아버지 생일 밥상을 이어 먹은 거지." 생일 이야기를 하다 삼촌은 갑자기 박수를 쳤다.

"맞다, 맞아. 그걸 잊고 있었다." 그러면서 삼촌은 이년 전에 엄마와 둘이 술집에 간 적이 있었다고 말해주었다. 삼촌의 생일이었는데, 엄마가 삼촌의 샌드위치 가게로 찾아왔다. 아마도 엄마 생일날 삼촌이 떡케이크를 보내주었기 때문일지도 모른다고 삼촌은 말했다. 삼촌의 가게 옆에 떡집이 생겼는데, 떡집 주인 부부는 가게 오픈을 준비하는 동안 삼촌네 샌드위치를 종종 사 먹었다. 마침 엄마의 생일이기도 해서, 삼촌은 오픈 기념으로 떡케이크를 주문했던 것이다. "암튼, 그래서 우리 둘이 닭발을 먹으러 갔어. 누나가 먹자고 해서. 닭발을 보면 그걸 먹는 인간이 징그러워서 웃긴다나. 그래서 갔지." 그날 삼촌과 엄마의 옆자리에는 어느 유튜버가 술을 마시며 영상을 찍고 있었다. "혼술하는 유튜버였어. 네 엄마가 얼굴 찍히는 거 싫다고 말하니까 유튜버가 절대 다른 사람은 안 찍는다고 걱정 말라고 했거든. 하지만 목소리는 들어갈 수 있다고 하더라." 유튜버는 그날이 자기 생일이라며 카메라에 대고 넋두리를 했다. 아무도 안 만나주면 더 슬플 것 같아서 일부러 아무한테도 연락을 안 했다며. 그래도 누군가 전화 한통은 해줘야 하는 거 아니냐며. 그 넋두리를 가게 주인 할머니가 듣고는 미역국을 끓여주었다. "유튜버에게 미역국을 가져다주는 주인 할머니에게 네 엄마가 한마디 했어. 오늘 제 동생도 생일이에요." 그래서 주인 할머니가 엄마와 삼촌에게도 미역국을 주었다. "미역 말고는 아무것도 들어가지 않은 미역국이었는데, 참 맛있었어. 그래서 내가 두그릇을 먹었어." 삼촌은 말했다. 인터넷으로 이년 전 삼촌 음력 생일을 계산해보니 엄마가 돌아가시기 열흘 전이었다.

3

나는 혼술을 하는 유튜버를 찾아보았다. 삼촌과 엄마가 만났다던 유튜버는 영상 조회 수가 그리 높지 않아서 찾기가 힘들었다. 그것도 육개월 전에 올린 영상이 마지막이었다. 나는 닭발집 혼술 영상을 보고 또 보았다. 화면을 향해 짠, 하고 건배를 하고는 소주를 반잔 정도 마셨다. 그리고 안주 한점. 또 짠 하고는 나머지 반잔. 그리고 안주 한점. 그렇게 한잔을 마시고 나면 유튜버는 이런저런 이야기를 늘어놓았다. 그날은 생일이라 그런지 생일날 있었던 일들을 이야기했다. 생일이면 늘 재수 없는 일이 생겼다는 거였다. 그러면서 미끄럼틀에서 넘어져 턱을 꿰맨 이야기, 상한 케이크를 먹고 식중독에 걸린 이야기, 남자친구가 전셋집 보증금을 들고 도망간 이야기를 했다. 곧이어 주인 할머니가 미역국을 가져다주는 장면이 나왔다. 그리고 잠시 후에 유튜버가 화면에 얼굴을 가까이 대고는 속삭이듯 말했다. 술집에 자기랑 생일이 같은 사람이 있다고. 나는 그 장면에서 앞으로 여러번 넘겨 화면을 보았다. 하지만 내 동생도 생일이에요,라고 말하는 엄마의 목소리는 들리지 않았다. "그 사람은 생일날 늘 즐거운 일만 있었으면 좋겠어요." 유튜버가 말했다. 그러고는 또 화면을 향해 잔을 들었다. 몇잔 더 마시더니 유튜버는 작년 생일날 겪었던 일을 이야기하기 시작했다. 그날은 행복한 날도, 재수 없는 날도 아니었다고. 그냥 이상한 날이었다고. 커피가게에서 아르바이트를 하던 중 이었다. 매일 아침마다 커피를 마시러 오는 할머니가 있었다. 오전 열시. 할머니는 늘 카푸치노를 마셨다. 날이 영하로 떨어지지 않는 한 할머니는 늘 야외 테이블에 앉아서 커피를 마셨다. 한시간쯤 그렇게 앉아 있다 말없이 자리에서 일어났다. 잔을 테이블에 그대로 둔 채. 그런데 그날은 달랐다. 할머니가 다 마신 잔을 들고 오더니 주문대에 올려놓았다. 그리고 유튜버에게 이렇게 말했다. 밖을 좀 보라고. 무지개가 떴다고. 유튜버는 가게 밖으로 나가 보았다. 무지개가 아주 선명하게 떠 있었다. 둘이 한참 무지개를 본 다음 할머니가 말했다. 잘 있어요, 하고. 유튜버는 그 말이 이상하다고 생각했다. 다음 날이면 또 올 사람이 잘 있으라니. 오후가 되자 축구복을 입은 아저씨가 와서 아이스커피 스무잔을 주문했다. 근처 운동장에서 축구 게임을 하고 있으니 거기로 가져다달라는 거였다. 마침 오후 아르바이트생과 교대 시간이어서, 유튜버는 배달을 한 뒤 바로 퇴근을 하기로 했다. 배달을 갔더니 스무명이 오기로 했는데 열아홉명만 왔다며 한잔을 유튜버보고 먹으라고 했다. 그래서 스탠드에 앉아서 아저씨들이 축구를 하는 걸 구경하며 커피를 마셨다. 아이들이 운동장 한쪽에서 연날리기를 하고 있었는데, 그중 연 하나가 골대 쪽으로 낮게 날아왔다. 그 순간, 누군가 골대를 향해 찬 공이 연을 맞혔다. 연과 공이 동시에 골대로 들어갔다. 모두들 연의 주인인 아이를 쳐다봤다. 아이가 두 손을 번쩍 들더니 외쳤다. 골인. 아이의 외침에 사람들이 박수를 쳤다. 유튜버는 커피를 다 마시고 하늘을 보았다. 구름이 방패연 모양으로 떠 있었다. 구름이 흩어질 때까지 한참 하늘을 보다 유튜버는 집으로 향했다. 집에 와서 잠깐 낮잠을 잤는데, 하늘에 해가 두개 떠 있는 꿈을 꾸었다. "자고 일어났는데 그런 생각이 들었어요. 그 할머니가 돌아가셨구나. 집에 돌아가 낮잠을 자다 곱게 돌아가셨구나." 유튜버는 계속 말했다. "사실인지 아닌지 모르죠. 하지만 그 뒤로 할머니는 커피를 마시러 오지 않았어요." 유튜버의 말 끝에 이런 소리가 들렸다. "그런 날이 있지." 너무 작은 소리여서 처음에는 자세히 들리지 않았다. 다시 볼륨을 높인 후 그 장면을 돌려보았다. 않았어요,라는 말이 끝나자마자 그런 날이 있지, 하고 누군가 말했다. 마치 주고받는 대화처럼. 엄마였다. 엄마의 목소리가 틀림없었다.

삼촌에게 영상을 보여주었더니 무슨 이야기를 하다 그런 말을 하게 되었는지 기억나지 않는다고 했다. 하지만 엄마의 목소리는 맞는 것 같다고. 나는 그런 날이 있지,라는 글을 새긴 티셔츠를 만들었다. 그리고 내 생일날 그 티셔츠를 입고 엄마와 삼촌이 갔다는 닭발집에 갔다. 휴대전화를 맞은편에 설치하고 녹화 버튼을 눌렀다. 그러자 주인 할머니가 그 유튜브인가 뭔가 찍는 거야? 하고 물었다. 나는 고개를 끄떡였다. 그러면서 생일이면 미역국도 끓여주세요? 하고 물었다. 주인 할머니가 그런 적이 없다고 해서 나는 유튜브에서 봤다는 말을 했다. 그러자 할머니가 갑자기 박장대소를 했다. "아, 원래 그날이 내 생일이었어. 그래서 겸사겸사 끓인 거야." 내가 실망한 표정을 짓자 할머니가 닭발 이인분 이상을 주문하면 끓여주겠다고 말했다. 그래서 닭발 이인분에 달걀찜을 주문했다. 나는 화면 속의 나를 향해 잔을 들었다. 짠, 하고 입 밖으로 소리를 내보았다. 그리고 무슨 말이라도 해보려 했는데 쑥스러워 잘 되지 않았다. 나는 다시 한번 술을 마셨다. 그리고 심호흡을 한번 하고 말을 해보았다. "닭발을 보면 그걸 먹는 인간이 징그러워서 웃기대요." 한참 화면을 들여다보다가 또다른 말도 해보았다. "웃긴데 또 맛있대요. 그래서 먹는대요." 한참 후에 할머니가 미역국을 가지고 왔다. 들깨미역국이었다. 생각해보니 들깨미역국은 처음 먹어보는 것 같았다. 아저씨 세명이 가게 문을 열고 들어오면서 무뼈로 세개 하고 외쳤다. 보아하니 단골인 듯했다. 나는 아저씨들의 대화를 엿들었다. 그중 한 아저씨의 아들이 복권에 당첨되어 술을 마시러 온 모양이었다. "내가 그제 우리 할아버지 꿈을 꾸었거든. 할아버지가 참외 하나를 바지에 닦더니 내게 주었어. 꿈이 심상치 않아서 내

가 아들한테 팔았어. 취직도 못하고 있으니까. 그랬더니
나 몰래 복권을 샀네. 그 행운을 겨우 거기에 날려버렸다
니까. 미련한 놈. 겨우 삼등짜리 복권에." 아저씨의 말을
듣다 나는 속으로 그런 날이 있죠, 하고 대답해보았다. 이
야기를 듣던 다른 아저씨가 자기는 대통령 꿈을 두번이
나 꾸었는데도 오등짜리 한번 당첨된 적이 없다고 말했
다. 나는 또 속으로 대답했다. 그런 날도 있죠. 또다른 아
저씨는 자기가 산 번호가 그다음 주 당첨 번호였던 적도
있다고 말했다. 그것도 두번씩이나. 아이고, 그래도 뭐, 그
런 날도 있죠. 나는 휴대전화 속의 내게 속삭였다. 남은 닭
발은 포장해달라고 했다. 그걸 들고 길을 걷다 횡단보도
앞에서 우산을 쓰고 있는 아이들을 만났다. 아이들을 보
고 나는 하늘을 향해 손바닥을 펼쳐보았다. 내 행동을 보
고 한 아이가 말했다. "비는 안 와요." 그럼 왜 우산을 쓰
고 있느냐고 묻자 다른 아이가 대답했다. "그냥요." 그러
면서 덧붙이길 자기들은 한달에 한번씩 엉뚱한 짓을 하는
모임이라고 했다. "한달에 딱 한번만요. 다른 날은 말 잘
듣는 아이들이에요." 지난달에는 신발의 오른쪽 왼쪽을
바꿔 신고 달리기를 해보았다고 아이들은 말했다. 횡단
보도 신호가 바뀌었고 나는 아이들과 함께 길을 걸었다.

아이들이 내 티셔츠에 쓰인 글을 큰 소리로 읽었다. "그런 날이 있지." 나도 아이들을 따라 말했다. "그런 날이 있지." 그러자 아이들이 외쳤다. "오늘 우리가 그런 날이에요." 아이들의 말을 듣자 갑자기 어떤 기억 하나가 떠올랐다. 내가 중학생 때였다. 아침에 일어나 창밖을 봤는데 맞은편 옥상에서 빨래가 흔들리는 게 보였다. 그 빨래는 전날에도 있었고 전전날에도 있었다. 사흘이나 걷어가지 않은 빨래라니. 갑자기 슬퍼졌다. 온몸이 바닥으로 가라앉는 것 같았다. 조금만 움직이면 눈물이 쏟아져 멈출 수 없을 것 같았다. 나는 학교에 가고 싶지 않다고 용기를 내 엄마한테 말했다. 하지만 왜 그런지는 말할 수 없다고. 나조차도 설명할 수 없다고. 그랬더니 엄마가 말했다. "괜찮아. 그런 날이 있지." 그때 그 엄마의 목소리가 들리는 듯했다. 그래서 나는 길가에 쪼그려 앉아 울었다. 어린아이처럼 울었다. 사람들이 나를 쳐다봤다. 아이들이 우산으로 나를 가려주었다. 내가 다 울고 일어나자 그중 한 아이가 우산을 건네주며 말했다. "이거 쓰고 가요. 그러면 또 울어도 아무도 몰라요." 나는 노란색 우산을 건네받았다. 길을 걸으며 할머니가 꾸었다는 태몽을 생각했다. 돌멩이들이 바닥에서 튀어오르는 장면을 상상하자 슬픈 마음이 사라졌다. 나는 돌멩이도 웃길 사람이라는 문구를 새긴 티셔츠를 만들어야겠다고 생각했다. 웃는 돌멩이를 잔뜩 그려 넣어야지. 아버지와 내가 그 티셔츠를 똑같이 입고 여행을 가도 괜찮을 것 같았다.

해피 버스데이

1

새벽에 윤석이 생일 축하한다는 메시지를 보냈다. 메시지를 확인하자마자 휴대전화 화면 가득 꽃가루가 날렸다. 그걸 보자 윤석과 같이 보았던 불꽃놀이가 생각났다. 십육 년 전, 우리는 군 입대를 앞두고 제야의 종소리를 들으러 갔다. 윤석은 춥다고 투덜댔지만 막상 타종이 시작되자 제대할 때까지 다치지 않게 해달라며 기도를 했다. 불꽃놀이가 시작되자 눈물을 흘리기도 했다. 그러면서 말했다. 생각해보니 태어나 처음으로 본 불꽃놀이라고. 그래서 내가 다음에는 애인이랑 보러 오라고 대답해주었다. 제대 후, 윤석은 학교 동아리에서 만난 후배와 연애를 했다. 그리고 12월 31일에 가요대제전을 봐야 한다는 애인을 설득해 제야의 종소리를 들으러 갔다. 애인은 춥다고 투덜댔지만 종이 울리자 두 손을 모아 기도를 했다. 불꽃놀이를 보면서 윤석의 손을 꼭 잡기도 했다. 그날 윤석은 애인을 집까지 바래다주었다. 그러고 나니 버스가 끊겼다. 윤석은 여섯시간을 걸어서 집에 돌아오다가 일출을 보았다. 그걸 보자 두 손을 모아 기도를 하고 싶은 생각이 들었고, 기도를 하자 미래를 꿈꾸어야 할 것 같았고, 그래서 공무원이 되겠다고 결심했다. 고시공부를 시작한지 이년이 지났을 때 애인과 헤어졌다. 윤석의 애인은 계절마다 예쁜 풍경을 보러 다니고, 맛집에 가서 줄을 서고, 첫눈이 내리면 가장 먼저 연락을 하는 게 연애라고 말했다. 고시원 앞에 있는 한식뷔페를 갈 때마다 설레는 감정이 다 사라진 노부부가 된 것 같은 기분이 든다며 애인은 이별을 통보했다. 이별을 한 날은 함박눈이 내렸다. 헤어지자는 애인에게 윤석은 말했다. "조심히 돌아가. 넘어지지 말고." 윤석의 애인은 자주 넘어지고 자주 다쳤다. 둘이 처음 만난 날에도 애인은 왼팔에 깁스를 하고 있었다. 윤석의 말에 애인이 한숨을 쉬었다. 그날 저녁에 윤석이 족발과 소주를 사 들고 내 자취집으로 찾아왔다. 우리 집으로 오는 동안 눈길에 미끄러져 두번이나 넘어졌다고 윤

석은 말했다. 팔이나 다리 어디 한군데가 부러지면 좋겠
다는 생각이 들었는데 멀쩡하다며 윤석이 웃었다. 술을
마시다 말고 윤석이 창문을 열고 창틀에 쌓인 눈을 그러
모았다. 작은 눈뭉치를 내게 건네며 윤석이 말했다. 그걸
자기 등에 넣어달라고. 나는 눈뭉치를 윤석의 옷 속에 넣
었다. "시원하다. 시원해." 윤석이 말했다. 그러면서 이게
마지막 술이라고, 합격할 때까지 술은 입에도 대지 않을
거라고 결심했다. 그래서 내가 합격을 하면 제일 먼저 축
하주를 사주는 친구가 되겠다고 약속했다. 삼년 후, 윤석
이 합격을 하자 우리는 동해로 해돋이를 보러 갔다. 비가
와서 일출은 보지 못했고 비만 맞았다. 그리고 바닷가 앞
에 있는 식당에 들어가 곰치국을 먹었다. 국물이 어찌나
시원했는지 술 생각이 절로 났고 그래서 소주를 마셨다.
"간이 생생해서 그런가. 술술 들어가는데." 윤석이 말했
다. "정말 그동안 한잔도 안 마셨어? 맥주 한모금도?" 내
가 묻자 윤석이 고개를 끄떡였다. "독한 놈." 내가 말했다.
윤석이가 알코올중독으로 입원을 결심했을 때도 나는 똑
같이 말했다. "넌 독한 놈이니 끊을 수 있어." 윤석이 두번
째로 입원을 했을 때도 그랬다. "알지? 넌 독한 놈이니 할
수 있어." 하지만 세번째로 입원을 했을 때 나는 아무 말

도 하지 않았다. 나는 다시 한번 윤석의 메시지를 읽어보
았다. 어째서 오늘을 내 생일로 알고 있는 걸까. 오늘은 음
력 생일도 아니고 주민등록상 생일도 아니었다. 나는 윤
석에게 전화를 걸었다. 전화를 받자마자 윤석이 말했다.
"나 술 마셨을까봐 전화한 거지? 걱정 마, 안 마셨어." 나
는 목소리가 듣고 싶어 전화를 했다고 말했다. "왜 이렇게
일찍 일어났어?" 내가 묻자 윤석은 헬스장을 다섯시 반에
열어야 해서 다섯시면 일어난다고 했다. 지난달에 윤석은
알코올중독 치료센터에서 퇴원을 한 뒤 여동생이 살고 있
는 순천으로 내려갔다. 여동생의 남편이 운영하는 피트니
스 클럽에서 먹고 자면서 일을 돕기로 했다며. "나 운동도
시작했어. 이게 마지막 기회 같아." 윤석은 말했다. "응.
넌 할 수 있어. 할 수 있지." 나는 말했다. 말하면서도 그
렇게 뻔한 말밖에 할 수 없는 나 자신이 싫어졌다. 전화를
끊기 전에 윤석이 생일 축하한다고 다시 한번 말했다. 나
는 생일이 아니라는 말을 하지 않았다. 오늘 하루쯤 생일
인 척 지내보는 것도 나쁘지 않겠다는 생각이 들어 생일
선물은 왜 안 주냐고 농담을 했다. "놀러 와. 짱뚱어탕 사
줄게." 윤석이 말했다. 안 마셨다는 말에 속지 말 것, 마지
막이라는 말에 속지 말 것. 전화를 끊으면서 나는 그 말을

여러번 중얼거렸다.

다시 잠들면 지각을 할 것 같아 텔레비전을 틀었다. 채널을 1번부터 148번까지 올렸다 다시 내렸다 반복했다. 그러다 어느 토크쇼에서 리모컨을 멈추었다. 끔찍한 사건을 수사하다 알코올중독자가 되어버린 형사 역할을 맡아서 호평을 받았던 배우가 나왔다. 배우는 그 역에서 빠져나오는 데 몇달이 걸렸다고 말했다. 처음 겪어본 일이라 스스로 당황하기도 했다고. 사회자가 어떻게 극복을 했느냐고 물었다. 그러자 배우가 말했다. 사람들의 소원을 찾아 읽기 시작했다고. 배우는 소원나무 이벤트가 열리는 곳이라면 전국 어느 곳이든 찾아갔다고 했다. 사람들이 나무에 달아놓은 소원들을 읽다보면 모든 고민이 가볍게 날아가는 기분이 든다고. "젊었을 때 저는 그런 글들을 조금 무시했던 것 같아요. 진부하다고 생각했거든요. 그러다 소원 쪽지에 글을 적는 사람들의 얼굴을 보았는데 그 표정이 그렇게 아름답더라고요." 배우는 그 뒤로 소원 쪽지를 읽을 때면 그걸 적은 사람들의 표정을 상상해보곤 했다. 그렇게 몇달을 보내니 다시 연기를 할 힘을 얻게 되었다고. 배우의 사연을 듣자니 오래전 어머니가 나랑 동생을 데리고 기와불사를 하러 간 날이 기억났다. 일출 기

도로 유명한 사찰이었다. 새해를 며칠 앞두고 대웅전에
불이 났는데, 며칠 후에 어머니가 우리를 데리고 그곳에
갔다. 기와에 소원을 적으라고 한 다음 어머니가 말했다.
대웅전을 새로 지을 테니 이 기와는 반드시 대웅전에 올
라갈 거라고. 그러니 정성껏 적으라고. 나랑 동생이 차례
로 대학에 합격할 때마다 어머니는 말했다. 그때 그 기와
덕분이라고. 토크를 마친 배우가 퀴즈를 풀기 시작했다.
웜뱃이라는 동물이 어떤 모양의 똥을 누는지 맞히는 문제
였다. 정답은 네모난 똥이었다. 세상에! 네모난 똥이라니.
화면에 나온 똥 사진을 보니 똥이라기보다는 벽돌처럼 보
였다. 그걸 보자 어렸을 때 동생과 했던 내기가 떠올랐다.
소똥으로 집을 만든다는 아프리카 어느 부족의 풍습을 뉴
스에서 보다 동생이 이런 말을 했다. 소가 네모난 똥을 누
었으면 좋겠다고. 소똥을 벽돌처럼 쌓으면 더 튼튼한 집
을 지을 수 있을 거 아니냐고. 나는 동생에게 바보라고 대
꾸했다. 그때 동생이 대꾸했다. "세상이 이렇게 넓은데 네
모난 똥을 누는 동물이 있을 수도 있지. 우리 내기할까?"
어렸을 때 우리 형제는 뭐든지 내기를 했다. 일주일에 한
번씩 프로야구 승리팀 맞히기 게임을 해서 진 사람이 방
청소를 했고, 월드컵이 열리면 한달 용돈을 걸고 우승팀

맞히기 게임을 했다. 때로 황당한 내기도 했다. 먼저 대머리가 되는 사람이 차를 한대 사주기로. 네모난 똥이 존재할 리 없다고 생각한 나는 아주 스케일이 큰 내기를 했다. "네모난 똥이 정말 있다면 내가 너 우주여행 시켜준다." 나는 호기롭게 큰소리를 쳤다. 우리들이 마지막으로 한 내기는 술집에서 술값을 내는 사람 맞히기였다. 같이 술을 마시는 나이가 되면서 우리는 그 내기를 종종 했다. 열에 일곱은 동생이 이겼는데 나중에 동생이 비결을 말해주었다. 구두가 깨끗한 사람이 일순위라는 것이다. 그다음에는 안주를 주문하는 사람이고 그다음에는 술을 마시며 자주 웃는 사람이라고 동생은 말했다. 토크쇼에서 배우의 다음 차례로 외벽 페인트공이 나왔다. 외줄에 매달려 하늘을 보면 구름이 그렇게 아름다워 보인다고 페인트공이 말했다. 휴대전화 앨범에 구름 사진만 모아둔 폴더가 따로 있을 정도라고. 성공한 사람의 버릇을 묻는 퀴즈가 이어졌다. 페인트공이 구두를 깨끗하게 닦는 것이라고 답했다. 땡. 정답은 침대 정리를 한다. 나는 세수를 하고 침대 정리를 한 다음, 출근을 했다.

2

오늘 구내식당 메뉴는 미역국과 잡채였다. 생일상을 받은 것 같아 기분이 좋아졌다. 내가 웃자 앞자리에 앉은 부장님이 좋은 일이 있느냐고 물었다. "오늘이 생일이거든요." 나는 거짓말을 했다. 그러자 옆에 앉은 박주임이 큰소리로 생일 축하한다고 외쳤다. 그 소리에 몇몇 사람들이 따라서 생일 축하를 해주었다. 나는 잡채를 미역국에 넣었다. 어릴 때부터 미역국에 잡채를 넣어서 먹는 걸 좋아했다. 그러면 당면도 부드러워지고 미역국 국물도 더 진해졌다. 동생은 그걸 아주 싫어했다. 나는 국에 밥을 조금 말아서 김치를 올려 먹었다. 그렇게 먹는데 갑자기 목이 멨다. 나도 모르게 눈물이 났다. 같은 테이블에 앉아 있던 사람들이 당황을 했다. "어머니 생각나서 그래?" 부장님은 올봄에 어머니를 여의었다. 조문을 갔더니 얼굴이 닮은 다섯 형제가 서로의 어깨를 두드리며 울고 있었다. 우리 어머니는 돌아가시지 않았고, 요 며칠 어머니 생각을 한 적도 없지만, 나는 그렇다며 고개를 끄덕였다. 네모난 똥이 생각나서 울었다고 말할 수는 없으니까. 부장님

이 자리에서 일어나면서 내 어깨에 손을 올렸다. 그러자
다른 동료들도 자리에서 일어났다. 나는 식판을 들고 배
식구로 가서 국을 더 달라고 말했다. "오늘이 제 생일이거
든요." 국을 떠주는 아주머니에게 말했다. 다시 자리로 돌
아와 밥을 마저 먹었다. 꾸역꾸역. "그러다 체할라." 고개
를 들어보니 아주머니가 동그랑땡을 담은 접시를 들고 있
었다. "생일이라며." 아주머니가 접시를 테이블에 내려놓
았다. 동그랑땡에 케첩이 하트 모양으로 뿌려져 있었다.
나는 하트 모양이 망가지지 않게 동그랑땡을 한입에 먹었
다. 그러면서 생각했다. 똥이 동그래야지. 네모난 게 말이
되는가. 점심을 먹은 다음 바람을 쐴 겸 건물 밖으로 나왔
더니 외국인 노동자들이 배드민턴을 치고 있었다. 나는
일부러 고개를 좌우로 움직여가며 배드민턴 경기를 구경
했다. 열다섯번 랠리가 오간 뒤에 오른쪽 청년이 이겼다.
"졌네. 졌어." 왼쪽 청년이 아쉬운 듯 배드민턴 라켓을 허
공에 휘두르며 말했다. 경기에서 진 청년에게 나는 한 게
임만 하자고 말했다. "오점 내기요. 진 사람이 치킨 사기.
어때요?" 내 말에 청년이 망설임 없이 그러자고 했다. 한
점도 내지 못하고 내가 졌다. 청년이 내 어깨를 두드리면
서 말했다. "내일 또?" 나는 고개를 저었다. 그러자 시합

을 구경하던 청년들이 모두 웃었다. 나는 오늘 저녁 여덟 시에 공장 기숙사로 치킨 한마리를 배달시켜주겠다고 약속했다. 그랬더니 청년이 오늘이 자기 생일이라고 했다. 생일 선물 잘 받겠다고. 그래서 청년에게 나도 오늘이 생일이라고 말했다.

퇴근 무렵에 부장님이 나를 불렀다. "저녁 약속 없으면 나랑 술이나 한잔할까? 생일 선물로." 내가 좋다고 하자 삼십분 뒤에 정문 앞에서 보자고 했다. 나는 정문 경비실 옆에 있는 단풍나무 아래에 서서 부장님을 기다렸다. "근사하죠?" 경비 아저씨가 내게 말을 건넸다. "네, 매일 보는데도 매일 근사해요." 내가 말했다. "그게 당단풍나무 예요. 사십년 전에 내가 심었어요." 경비 아저씨 말에 나는 깜짝 놀랐다. "아저씨가 심으셨다고요?" 내가 되묻자 아저씨가 깔깔깔 웃었다. 소문에 의하면 지금 대표님이 다섯살 무렵에 바닷가에 놀러 갔다가 파도에 휩쓸려 죽을 뻔했는데, 그때 군에서 휴가를 나온 아저씨가 목숨을 구해주었다고 한다. 대표님의 아버지, 그러니까 전 대표님이 제대하고 갈 곳이 없으면 연락을 하라고 명함을 주었고 그 인연으로 회사 정문을 사십년째 지키게 되었다고.

그 소문을 들었을 때 나는 이해가 가지 않았다. 목숨을 구했다면 더 좋은 직책을 달라고 해도 될 텐데 수위라니. 부장님이 손을 흔들며 다가왔다. 아저씨도 부장님을 향해 손을 흔들었다. "어디 가?" 아저씨가 물었다. "개천집이요." 부장님이 말했다. 아저씨가 나를 보며 말했다. "오늘 좋은 날인가보네요. 우리 김부장이 아무나 개천집을 데려가지는 않거든." 그래서 나는 오늘이 생일이라고 말했다.

개천집에 도착해보니 가게 이름과 달리 주변에 개천이 없었다. 가게 문을 열기 전에 부장님이 말했다. "주의사항이 있어. 주인 할머니를 이모나 고모라고 부르지 마. 그러면 음식을 아주아주 맛없게 해주거든. 꼭 할머니라고 불러야 해." 가게에 들어가자 손님이 한명도 없었다. 노란색 앞치마를 한 할머니가 주방에서 나왔다. "조금만 기다려. 갑자기 전화해서 고사리 조기찌개를 끓이라니. 조기 사오느라 늦었어." 부장님이 부엌으로 들어가더니 쟁반을 들고 나왔다. 그 모습을 보고 내가 따라 일어났다. "자네는 냉장고에서 소주 꺼내오고." 나는 냉장고에서 소주를 꺼냈다. 밑반찬은 무생채와 콩나물무침과 어묵볶음이었다. "원래는 반찬이 더 많은데 지난주에 가게 문을 닫았거든." 부장님이 내게 소주 한잔을 따라주었다. "가게 문을 닫았다니요?" 내가 묻자 부엌 쪽에서 할머니가 소리쳤다. "여길 뿌시고 새 건물을 짓는대." 공사가 미뤄지면서 단골들이 전화를 하면 그때마다 문을 열고 잠깐씩 술을 팔고 있다고 부장님이 마저 설명을 했다. 부장님이 잔을 들었다. 나도 잔을 들었다. 부장님은 첫 안주로 콩나물무침을 먹었다. 나는 어묵볶음을 먹었다. 잠시 후 할머니가 찌개를 가지고 왔다. "고사리 넉넉히 넣었어. 맨날 혼자 오다 누구랑 같이 오니 내가 다 좋네." 할머니가 말했다. "회식할 때마다 빠지더니 몰래 여길 온 거예요?" 내가 물었다. 부장님은 회사 사람들에게 비밀이라고 말했다. 이곳에서 혼자 술을 마시는 게 퇴근 후 유일한 행복이라고. 원래는 나에게도 알려줄 생각이 없었단다. 그런데 어젯밤에 돌아가신 어머니와 소풍을 가는 꿈을 꾸었다고 했다. 어린 부장님은 젊은 어머니와 함께 보물찾기를 했다. 공원이었다. 벤치에서 한장. 풍선장수 리어카 바퀴 아래에서 한장. 아이스크림 광고판에서 한장. 바위 아래에서 한장. 꿈속에서 부장님은 열장의 쪽지를 찾아냈다. "그렇게 보물을 많이 찾았으니 오늘 누군가에게 선물을 하고 싶었거든." 부장님이 말했다. 나는 조기 살을 발라 고사리를 올려 먹었다. "처음 먹어보는데 이거 맛있네요. 생일 선물 고맙습니다." 내 말에 부장님이 내년에도 사주겠다고 말했다. 술을 마시다 나는 부장님에게 정문 옆에 있는 단풍나무를 경비 아저씨가 심었다는 사실을 아느냐고 물었다. 그랬더니 부장님은 그 나무의 비밀도 알고 있다고 했다. 사십오년 전 경비 아저씨는 바닷가에서 물에 빠진 아이의 목숨을 구했다. 그리고 물에 빠진 아이의 목숨을 구하지 못하기도 했다. 물에 빠진 아이가 둘이었으니까. 그날 밤, 경비 아저씨는 잠을 이루지 못하고 바닷가를 서성였다. 그러다 운동화 한짝을 주웠다. 경비 아저씨는 그게 죽은 아이의 운동화라는 것을 알아챘다. 운동화 바닥에는 '왼'이라는 글자가 쓰여 있었다. 오른쪽과 왼쪽을 구별하지 못하는 아이를 상상하자 눈물이 났고, 그래서 경비 아저씨는 밤새 바닷가를 돌아다녔다. 오른쪽 운동화를 찾기 위해. "지금 단풍나무 아래에 아이 신발이 한짝 있어. 신발을 심고 그 위에 나무를 심으신 거지. 아저씨가." 거기까지 말하고 부장님이 목소리를 낮추었다. "사실은 그 신발의 주인이 우리 형이야. 형이 죽은 그해에 내가 태어났어." 부장님이 내 잔에 술이 넘치도록 따랐다. "비밀이야." 부장님이 건배를 했다. 잔을 부딪치자 술이 흘렀다. "비밀이요." 내가 속삭였다. 그때 주방에서 굉음이 들려왔다. 나는 두 손으로 얼굴을 감쌌다. 몸이 공중으로 솟아올랐다. 그 순간 연을 날리던 동생의 모습이 영화의 한 장면처럼 머릿속에 펼쳐졌다. 동생의 연은 색동꼬리를 단 가오리연이었다. "형, 내 연이 더 높아." 동생의 목소리가 옆에서 속삭이는 것처럼 생생하게 들렸다.

3

어머니는 칼국수를 끓이다가 나를 임신했다는 사실을 알았다. 그날따라 유난히 밀가루 냄새가 역겨웠던 것이다. 어머니가 열여섯살 때부터 일을 해온 나드리미용실 원장은 비가 오는 날이면 어머니에게 칼국수를 끓이게 했다. 비가 오면 파마를 하는 손님이 없었고 원장은 어머니가 노는 꼴을 보지 못했다. 속이 메슥거려서 어머니는 칼국수를 얼마 먹지 못했다. 달고 신 게 먹고 싶다는 생각을 하던 참에 미용실로 전화가 왔다. 아버지가 다니는 공장에서 큰 사고가 났다고. 아버지와 같이 상경을 한 고향 친구가 떨리는 목소리로 말했다. 응급실 앞에서 수술이 끝나기를 기다리는 동안 어머니는 나를 지워야 하나 고민을 했다. 그때 어머니 나이는 스물둘. 중풍으로 쓰러진 할머니와 같은 방을 썼던 어머니는 환자 냄새가 지겨웠다. 어머니는 꽃무늬 벽지에 달콤한 향기가 나는 신혼집을 가지고 싶었다. 게다가 아버지는 아직 프러포즈도 하지 않았다. 그때 어머니 옆에 앉아 있던 할머니가 말을 걸었다. 누가 아프냐고. 어머니는 뭐라고 말해야 좋을지 몰라서 남편이라고 말했다. "난 아들. 택시를 모는데 사고가 났어요." 할머니는 그렇게 말하고 어머니에게 청포도 사탕을 하나 주었다. 어머니가 사양을 하자 할머니가 말했다. "우리 손녀가 한봉지씩 사줘요. 이걸 녹여 먹는 동안은 걱정이 사라져." 그 말에 어머니는 청포도 사탕을 받았다. 어머니는 천천히 사탕을 녹여 먹었다. 사탕이 너무 커서 입천장이 까질 것만 같았다. 그래도 사탕을 먹으니 메슥거림이 사라졌다. 사탕을 다 먹은 다음 어머니는 하나만 더 달라고 말했다. 할머니가 사탕을 하나 더 주었다. 중학생으로 보이는 손녀가 대기실로 들어와 할머니를 불렀다. 수술이 끝났다는 거였다. 할머니가 어머니에게 청포도 사탕을 한주먹 건네주면서 말했다. "걱정 말아요. 내가 관상을 볼 줄 아는데 말년 운이 좋아요." 할머니의 말에 어머니는 화가 났다. 초년 운도 아니고 중년 운도 아니고 말년 운이라니. 어머니는 갑자기 늙어버린 기분이 들었다. 그래서 어머니는 청포도 사탕을 먹었다. 아이처럼 깨물어 먹었다. 그러면서 어머니는 자신도 모르게 이렇게 중얼거렸다. 포도야, 아빠는 괜찮을 거야. 그래서 내 태명은 포도가 되었다.

아버지는 육개월을 입원했고 퇴원한 뒤에도 일년을 넘게 요양을 해야 했다. 어머니는 삼년 넘게 부은 적금을 깨서 아버지의 병원비를 냈다. 원장이 미용실 옆에 딸린 방에서 신혼생활을 시작하게 해주었다. 아버지는 방에 누워 파마를 하러 온 여자들의 수다를 들었다. 대부분은 시어머니나 남편의 흉이었다. 집안 이야기를 밖에 나와서 하다니. 아버지는 시댁 욕을 하는 여자들을 욕했다. 그러다 어느 순간부터는 여자들이 욕을 하는 시댁 사람들을 같이 욕하기 시작했다. 아버지는 일주일에 한번씩 오는 보험외판원 아주머니를 기다렸다. 그 아주머니는 올 때마다 보험사기를 치다 걸린 사람들의 이야기를 들려주었다. 사망보험금을 노리고 박카스에 독약을 타서 배다른 여동생을 죽인 사건이나 남편이 내연녀랑 짜고 아내를 교통사고로 위장해 죽인 사건 같은 것들. 빚에 허덕이던 남자가 죽어서 자식들에게 보험금이라도 남기려고 했지만 자살인 게 밝혀져 보험금을 받지 못한 사연을 듣고는 눈물을 흘리기도 했다. 어찌나 슬프게 울었는지 아버지는 한달도 넘게 우울증에서 빠져나오지 못했다. 어머니는 창문이 없는 골방에서 너무 오래 누워 있었기 때문이라는 결론을 내렸다. 어머니는 다방이라도 가라며 아버지를 밖으로 내쫓았다. 돈이 아까웠던 아버지는 요구르트를 하나만 사서 근처 초등학교로 갔다. 아버지는 운동장 벤치에 앉아서 한나절을 보냈다. 아이들이 달리기를 하는 것을 보니 지팡이를 짚고 걷는 자신이 노인처럼 느껴졌다. 그래서 아버지는 하루에 열바퀴씩 운동장을 걸었다. 그렇게 세달이 지나자 지팡이 없이 걸을 수 있게 되었다. 여섯달이 지나자 아버지는 동네 뒷산을 다닐 수 있게 되었다. 그리고 약수터에서 만홧가게를 운영한다는 노부부를 알게 되었다. 노부부는 훌라후프를 아주 잘했다. 부부가 훌라후프를 하면 아버지는 그 앞에 앉아서 박수를 치며 구경을 했다. 어느 날부터는 요구르트를 세개씩 사서 약수터에 갔다. 아버지가 요구르트를 드리면 노부부는 아버지에게 쑥떡을 주었다. 노부부에게는 정신이 온전하지 못한 아들이 하나 있었는데 그 아들을 웃게 하려고 훌라후프를 시작했다고 말했다. "허리를 흔들며 훌라후프를 돌리는 게 신기했

나봐. 내가 홀라후프를 하면 그 애가 까르르 웃었지." 할 아버지가 말했다. "그러다보니 우리가 아들보다 오래 살고 말았네." 옆에 있던 할머니가 혼잣말처럼 중얼거렸다. 몇달이 지나자 노부부는 아버지에게 자기들의 만홧가게를 인수할 생각이 있느냐고 물었다. 암에 걸렸다고. 그래서 이참에 만홧가게를 팔아 시골로 내려가려 한다고. 만홧가게 인수를 제의받은 날 아버지는 커다랗고 하얀 상아를 지닌 코끼리가 집 안으로 들어오는 꿈을 꾸었다. 잠에서 깬 뒤 꿈 이야기를 했더니 어머니가 태몽인 것 같다고 했다. 그래서 동생의 태명은 코끼리가 되었다. 그 꿈을 꾸고 사흘 뒤 아버지가 다녔던 회사에서 뒤늦게 사고 보상금을 지급해주었다. 사고를 당했던 다섯명의 노동자 중에서 변호사 조카를 둔 이가 한명 있었는데, 그 조카가 무료로 소송을 진행해주었기 때문이었다. 아버지는 그 돈으로 가게를 인수했다. 아버지는 만홧가게 이름을 코끼리만화방으로 바꾸었다. 나는 보행기에 탄 채로 만화방을 누볐다. 손님들은 만화책을 읽다 자신에게 다가오는 나를 보면 발로 보행기를 밀었다. 손님들이 발로 보행기를 밀 때마다 나는 까르르 웃었다. 동생이 태어나기 전에 아버지는 어머니의 배에 손을 올려놓고 중얼거렸다. 아주 운이 좋은 녀석이 나올 것만 같다고. 몇년 후에 건설 회사에서 찾아와 아파트를 짓는다며 비싼 가격에 가게를 사겠다고 했다. 만홧가게를 판 돈으로 이층짜리 건물을 산 부모님은 건물 일층에 미용실과 지물포를 차렸다. 코끼리미용실과 코끼리지물포. 어머니의 단골손님이 솜씨가 좋은 도배 아주머니들을 소개해주었다. 아버지는 매일 저녁 소주 세 잔씩을 반주로 마셨는데 그때마다 이렇게 말했다. "우리 운 좋은 아들이 한잔 따라봐." 그러면 동생은 아버지 잔에 술을 따라주었다. 아버지의 말대로 동생은 운이 좋았다. 유치원생 때는 아이들이 단체로 식중독에 걸린 적이 있었는데 그때 동생만 유일하게 무사했다. 동생의 말에 의하면 그날따라 괜히 달걀찜이 먹기 싫었다는 거였다. 중학생 때는 늦잠을 자서 늘 타야 할 시간에 마을버스를 놓쳤는데 그 버스가 트럭과 충돌해서 두명이나 사망하는 사고가 일어나기도 했다. 동생에게는 그런 에피소드가 무수히 많았고 어머니는 그중 몇개의 사연을 라디오 방송에 보내서 경품을 받기도 했다. 간이식밖에는 방법이 없다는 소식을 전하며 어머니는 말했다. "네가 수술만 해주면 이 집은 너에게 다 주마." 나는 싫다고 했다. 어머니는 못난 놈이라고 욕을 했다. 못된 놈이 아니라 못난 놈이라니. 나는 그 말이 이상했다. 아버지가 돌아가시고 난 다음에야 나는 부모님이 주말농장을 만들려고 사둔 땅이 동생 명의였다는 것을 알았다. 그 땅값이 수십배 올랐기 때문에 화가 난 것은 아니었다. 어머니는 잘못 알고 있었다. 동생은 늘 운이 좋았고 그래서 동생 옆에 있으면 나는 늘 운이 나쁘게 느껴졌다. 나는 그게 무서웠다.

4

의사는 내게 운이 좋다고 했다. 주방에서 폭발이 일어났고 나는 가게 밖으로 튕겨 나갔다. 그 바람에 오른팔에 금이 갔다. 그리고 깨진 유리창 파편에 얼굴을 다쳐 몇군데를 꿰맸다. 부장님은 갈비뼈가 부러지면서 폐를 찔러 수술 중이었고 할머니는 중환자실에 있는데 아직까지 의식이 없다고 의사는 말했다. 몇가지 검사를 더 한 다음 나는 병실로 옮겨졌다. 병실에는 깁스를 한 사람 천지였다. 목에 깁스를 한 사람. 두 다리에 깁스를 한 사람. 허리에 보호대를 하고 엉거주춤 걷는 사람. 나는 문 앞에 있는 침대에 배정되었다. 내가 자리에 눕자 옆 침대 남자가 물었다. "뭐 배달하다 다쳤어요?" 남자는 오른쪽 다리에 깁스를 하고 있었다. 남자의 질문이 이해되지 않았다. "네?" 내가 되묻자 남자가 오토바이 아니냐고 물었다. 병실에 있는 모든 사람들이 오토바이 환자라고. "나는 초밥 배달하다가." 창가에 있는 남자가 소리쳤다. 그러자 다른 환자들도 저마다 소리쳤다. "나는 떡볶이요." "나는 쌀국수." "나는 배달 끝내고 돌아가다가." 내 옆 남자는 치킨이라고 했다. 그 말을 듣는데 치킨 배달을 해주기로 한 약속이 떠올랐다. 지금쯤 청년은 내 욕을 하고 있겠지. 거짓말쟁이라며. "가스 폭발이요." 내가 말하자 옆 남자가 벌떡 일어났다. 그러고는 허리를 만지며 에구구 소리를 냈다. "운이 좋네요. 가스 폭발이라니." 그러면서 밤에 목이 마르면 자기 음료수를 마시라고 했다. 남자가 침대 옆에 있는 사물함을 열었다. 거기에는 이온 음료가 가득 채워져 있었다. "내가 이걸 좋아하거든요. 그래서 병문안 온 친구들마다 사 왔는데 이 다리를 하고 화장실 가는 게 힘들어서 최대한 덜 마셔요." 나는 고맙다고 말했다. 그렇게 대답을 하고 보니 갈증이 느껴졌다. 그래서 하나를 꺼내 마셨다. 하나를 다 마시고도 여전히 목이 말라 하나를 더 꺼내 마셨다. 그걸 본 남자가 웃었다. "그만 마셔요. 자다가 오줌 마려워요." 남자의 말대로 나는 자다가 오줌이 마려워 깼다. 화장실을 두번 오갔더니 잠이 달아났다. 나는 침대에 멍하니 앉아서 사람들이 코를 고는 소리를 들었다. 누군가 알 수 없는 잠꼬대를 했다. "거기 아니야. 거기 아니야." 깁스를 한 여섯명의 사람들. 병실을 둘러보면서 나는 지금까지 한번도 병원에 입원해본 적이 없었다는 사실을 깨달았다. 태어나서 처음으로 깁스를 해봤다는 것도 깨달았다. 다시 요의가 느껴져 화장실에 갔지만 오줌이 나오지 않았다. 나는 엘리베이터를 타고 병원 로비로 내려갔다.

병원 로비에는 텔레비전이 틀어져 있었다. 한 남자가 멍하니 텔레비전을 보고 있었다. 홈쇼핑 채널이었는데 눈에 좋다는 영양제를 팔고 있었다. 쇼호스트가 안경을 이마 위로 올리고 휴대전화를 들여다보면서 말했다. "여러분. 이렇게 되는 건 한순간입니다. 지금부터 관리하세요." 텔레비전을 보던 남자가 한순간,이라고 따라서 중얼거렸다. 한순간입니다,라고 나도 따라서 중얼거려보았다. 그때 누군가 내 어깨를 톡톡 두드렸다. 고개를 들어보니 개천집 할머니가 서 있었다. "깨어나셨어요?" 내가 묻자 할머니가 내 옆에 앉으면서 대답했다. "내가 이리역 폭발 사고 때도 살아남은 사람이야." 할머니와 나는 한동안 홈쇼핑 채널을 보았다. 그러다 할머니가 문득 말했다. "나는 아직까지 돋보기 없이도 글을 읽어." 내가 비결이 뭐냐고 물었더니 아침마다 십분씩 눈 운동을 한다는 거였다. 나는 할머니를 따라 눈동자를 오른쪽에서 왼쪽으로 왼쪽에서 오른쪽으로 굴려보았다. 그리고 위아래로. 그리고 대각선으로. 그렇게 서른번씩 반복한 다음 할머니가 두 손을 비빈 다음 따뜻해진 손바닥을 두 눈에 댔다. 나는 한쪽 팔에 깁스를 해서 그 동작은 따라 하지 못했다. 그러자 할머니가 자신의 손바닥을 내 눈에 대주었다. 나는 눈을 감았다. 눈꺼풀 안쪽으로 따뜻한 기운이 퍼지는 것 같았다. "할머니, 궁금한 게 있는데요. 주변에 개천도 없는데 왜 개천집이라고 지었어요?" 내가 묻자 할머니가 손바닥을 거두면서 대답했다. "개천에서 용 난다. 그 말도 몰라? 내 음식 먹은 사람들 전부 성공하라고 그렇게 지었지." 나는 할머니에게 음식은 정말 맛있었다고 말했다. 고사리도 싫어하고 조기도 싫어하는데 이상하게 찌개는 맛있게 먹었다고. "퇴원하면 한번만 더 끓여주세요." 내 말에 할머니가 싫다고 대답했다. "그건 자네 엄마한테 해달라고 해. 나는 은퇴야." 홈쇼핑 방송에서는 이제 다른 쇼호스트가 나와 뼈에 좋은 약을 팔기 시작했다. "골다공증에 걸

리면 키도 작아집니다." 호스트가 말했다. 할머니가 자기
는 뼈도 튼튼하다고 말했다. "내가 아침마다 홍화씨 달인
물을 마시거든. 그래서 내가 허리가 안 굽었잖아." 할머니
는 나보고 퇴원을 하거든 매일 홍화씨 달인 물을 마시라
고 했다. 그러면 뼈가 금방 붙는다고. 나는 그러겠다고 했
다. "할머니, 궁금한 게 하나 더 있어요. 왜 이모나 고모라
고 부르면 맛없게 음식을 해주는 건데요?" 내 말에 할머
니가 웃었다. "우리 이모랑 고모가 음식을 못했거든." 그
러면서 할머니는 열아홉살에 죽은 딸 이야기를 들려주었
다. 그때 할머니의 나이는 마흔살. 남편은 딸을 잃은 슬픔
을 견디지 못하고 매일 술을 마셨다. 그래서 할머니는 남
편을 버리고 절에 들어가 공양주 보살이 되었다. 그렇게
십년을 보내다 주지 스님에게 앙심을 품은 수행승이 대
웅전에 불을 지른 사건을 계기로 다시 속세로 나와 개천
집을 차렸다. "그때부터 손님들에게 할머니라고 불러달
라고 했어. 얼른 늙어서 우리 딸한테 가고 싶어서." 그렇
게 빨리 늙는 게 소원이신 분이 매일 눈 운동을 하고 홍화
씨 달인 물을 마시는 게 잘 이해가 되지 않는다고 나는 말
했다. 그러자 할머니가 화를 냈다. "꼿꼿하게 가고 싶어
서 그랬다." 나는 할머니에게 사과를 했다. 할머니가 내게

아이가 있느냐고 물어서 나는 아이는 없고 조카만 한명 있다고 했다. "자네 부모님은 좋겠네. 손주가 있어서." 할머니가 말했다. 홈쇼핑 채널은 이제 관절에 좋은 약을 팔기 시작했다. 할머니가 하품을 하며 자리에서 일어났다. "고단하네." 할머니가 말했다. "안녕히 주무세요." 내 말에 할머니가 두 손으로 다치지 않은 내 왼손을 꼭 잡아주었다. 할머니의 손은 차가웠다. "김부장은 걱정 마. 나보다 더 오래 살아." 그 말을 끝으로 할머니가 사라졌다. 그제야 나는 할머니가 돌아가셨다는 것을 알았다. 나는 자리에서 일어나 안내데스크로 갔다. 거기에는 제복을 입은 남자가 졸고 있었다. 남자를 깨워 나는 전화 한통만 할 수 있겠느냐고 물었다. 남자가 휴대전화를 꺼내 비밀번호를 누른 다음 내게 주었다. 어머니의 휴대전화 번호가 생각나지 않았다. 예전에 쓰던 집 전화번호만 생각났다. 거기로 걸었더니 없는 번호라는 안내음이 들렸다. 나는 윤석에게 전화를 걸었다. "나야." "뭐야? 이거 누구 전화야? 무슨 일 있어?" 윤석이 물어서 나는 휴대전화가 고장 났다고 말했다. 아무 일 없다고도 말했다. "생일 축하해." 나는 윤석에게 말했다. "무슨 소리야. 내 생일은 아직 멀었어." 윤석이 웃으며 대답했다. 그래서 나는 오늘 하루 생일처럼 지내라고 말했다. 점심에 미역국도 사 먹고 저녁에는 케이크에 촛불도 밝히라고.

나는 이틀 뒤에 퇴원을 했다. 퇴원을 하는 날 윤석이 찾아왔다. 윤석은 나랑 통화를 한 뒤 내 말대로 그날 하루를 생일처럼 지내기로 했다. 그래서 매일 다섯시 반에 운동을 하러 오는 회원에게 큰 소리로 아침 인사를 했다. 다른 기구는 안 하고 러닝머신만 한시간을 뛰다 가는 회원이었다. "뭐 좋은 일 있으신가봐요?" 회원이 물어서 윤석은 생일이라고 대답했다. 그러자 회원이 생일 축하한다고 말했다. 그러면서 자기 아내도 오늘이 생일이라고 했다. 아주 좋은 날 태어났다고. 그 말을 들으니 윤석은 몸이 가벼워지는 기분이 들었다. 그래서 콧노래를 흥얼거리며 헬스장 청소를 했다. 점심에는 미역국을 파는 식당을 찾아 동네를 돌아다녔다. 그러다 어느 백반집에서 미역국을 먹고 있는 손님을 발견했다. 식당에 들어가 미역국을 달라고 했더니 아주머니가 오늘의 국은 미역국이 아니라 육개장이라고 했다. 그래서 윤석은 미역국을 먹고 있는 손님을 가리켰다. 아주머니가 자기 아들인데 생일이라 미역국을 끓여준 거라고 했다. "저도 오늘이 생일이거든요."

윤석이 말했다. 아주머니는 윤석에게도 생일상을 차려주었다. 윤석은 미역국과 불고기를 먹었다. 달걀말이도 먹고 분홍색 소시지 부침도 먹었다. 오후에 동생이 조카를 데리고 헬스장에 왔길래 생일인데 선물을 사달라고 농담을 했다. 그랬더니 동생이 사과를 했다. 오빠 생일도 모르고 있었다고. 윤석은 동생의 생일을 알고 있었지만 나도 네 생일 몰라, 하고 거짓말을 했다. 동생이 케이크를 사 왔다. 조카가 노래를 불러주었다. 오래간만에 들어보는 생일 축하 노래였다. 자기 전에 윤석은 내게 전화를 걸었다. 내게 생일 축하 노래를 불러주고 싶었기 때문이었다. 전화는 연결되지 않았다. 그러자 윤석은 새벽에 걸려온 번호로 다시 전화를 걸었고, 전화를 받은 사람이 내가 입원한 환자라는 사실을 말해주었다. "그렇게 해서 찾아온 거지." 윤석은 말했다. 퇴원을 한 뒤, 우리는 병원 앞에서 설렁탕을 먹었다. 술을 끊기로 결심한 뒤로 윤석은 아침으로 늘 빵을 먹었다. "빵을 먹으면 술 생각이 안 나거든. 뼈가 붙어야 하니까 오늘 특별히 설렁탕을 먹는 거야." 나는 윤석에게 고맙다고 말했다. "참, 그놈 죽었어." 윤석이 설렁탕에 밥을 말면서 말했다. "누구." 내가 물었다. "박카스." 윤석이 대답했다. 자다가 죽었다고. 심장마비였다고. 박카스는 윤석의 중학교 동창이었다. 부모님이 약국을 했는데 책상 서랍 가득 박카스를 채워두었다. 그리고 아이들을 괴롭히기 전에 늘 박카스를 마셨다. 박카스의 괴롭힘을 피해 윤석은 중학교 3학년 때 전학을 갔다. 그렇게 잊고 지냈는데, 윤석은 공무원이 된 다음 박카스를 다시 만났다. 직장 상사로 만난 박카스는 그때 일을 잊은 듯 윤석을 친절하고 다정하게 대했다. 하지만 윤석은 회사에 갈 때마다 심장이 두근거리는 것 같았다. 그러던 어느 날이었다. 아침을 먹으러 순댓국밥집에 갔다. 일곱시도 안 되었는데 아저씨 두명이 술을 마시고 있었다. "내가 노안이 와서 요새 눈이 침침해. 그런데 아침에 술을 마시면 눈이 밝아지는 기분이 들어. 이상하지." 한 아저씨가 말했다. 그 말에 다른 아저씨가 대답했다. "난 무릎 아픈 게 사라져. 이상하지." 윤석은 아저씨들 말을 엿듣다 동해에 가서 곰치국을 먹었던 아침을 생각했다. 그때 마셨던 술이 참 달았다고. 윤석은 소주를 한병 시켰다. 딱 한잔만 마셔보자. 그렇게 생각했지만 순댓국이 맛있어서 세잔을 마시게 되었다. 출근을 했는데 아무도 윤석이 술을 마신 줄 몰랐다. 몸이 가볍고 머릿속이 선명해졌다. 무엇보다 박카스를 보아도 심장이 두근거리지 않았다. 그날이 시작이었다. 어느 날은 두잔. 어느 날은 세잔. 윤석이 설렁탕에 커다란 섞박지 두조각을 넣었다. "나이 들었나봐. 차가운 무김치가 싫어지네." 윤석이 말했다. 나도 윤석을 따라 설렁탕에 섞박지 몇개를 넣었다. "나 사실 옛날에 너네 회사에 찾아간 적 있었어. 박카스 그 새끼한테 욕이라도 하려고." 나는 윤석에게 고백을 했다. 윤석이 휴직을 하고 알코올 중독 치료센터에 입원했을 때였다. 박카스에게 욕이라도 퍼붓고 싶었는데 이름을 몰라 찾을 수 없었다. "네가 박카스라고만 불러서 본명을 몰랐던 거지." 내 말에 윤석이 웃었다. "밥 남기지 마. 이거 먹고 오래 살자." 윤석이 말했다. 나는 알았다고 고개를 끄떡였다. 그리고 밥을 한숟갈 먹고 미지근해진 무를 우적우적 씹었다.

윤석을 바래다줄 겸 기차역까지 따라갔다. 역사에 빵집이 있길래 들어가 빵을 잔뜩 샀다. "아침은 빵이라며." 나는 빵을 윤석에게 건네면서 말했다. 윤석이 떠난 다음 나는 휴대전화 가게로 가서 새 휴대전화를 샀다. 고장 난 휴대전화를 건네주었더니 직원이 데이터를 옮기는 데 삼십분쯤 걸릴 거라고 했다. 그러면서 쿠폰 한장을 주었다. 옆 카페에 가서 무료로 차를 한잔하라는 거였다. 옆 카페에 갔더니 휴대전화 가게 주인과 얼굴이 똑같이 생긴 사람이 카운터에 앉아 있었다. 내가 쿠폰을 건네자 가게 주인이 묻지도 않았는데 먼저 말을 했다. "쌍둥이입니다." 그래서 나도 할 수 없이 대답을 했다. "그러게요. 똑같아서 놀랐어요." 그러자 가게 주인이 똑같은 말을 한번 더 했다. "쌍둥이이니까요." 나는 아이스 아메리카노를 달라고 했다. 그리고 창가 자리에 앉아 지나가는 사람들의 신발을 구경했다. 동생은 어릴 적에 공사 현장을 발견하면 시멘트가 굳기 전에 몰래 자기 발자국을 찍어두는 걸 좋아했다. 나는 휴대전화를 찾은 다음 다시 기차역으로 갔다. 기차에서 나는 꿈을 꾸었다. 아기 코끼리가 코로 내 등을 긁어주는 꿈이었다. 꿈이었지만 등이 시원한 게 느껴졌다. 역에서 내려 택시를 타고 내가 졸업한 초등학교 이름을 말했다. 그랬더니 기사가 자기가 졸업한 초등학교라고 했다. 나는 기사에게 내가 나온 초등학교라는 말은 하지 않았다. 하지만 백미러에 비친 기사의 얼굴을 유심히 보았다. 택시가 내가 졸업한 고등학교 앞을 지나갔다. 핸드볼팀이 전국체전에서 고등부 금메달을 땄다는 플래카드가 걸려 있었다. 내가 학교에 다닐 적에는 핸드볼팀이 없었다. 택시에서 내려 초등학교 후문 쪽으로 걸어갔다. 있었다. 다모아분식. 간판이 바뀌었지만 건물은 그대로였다.

건물 오른쪽 귀퉁이에 종이 박스가 쌓여 있었다. 내 기억이 맞다면 그 아래에 있을 것이다. 동생의 발자국이. 나는 박스를 치웠다. 떡볶이 가게에서 남자가 나와 박스는 가져가시는 할아버지가 있으니 주워 가지 말라고 했다. "미안해요. 뭐 하나만 확인하고 다시 제자리에 놓을게요." 내가 말했다. 남자가 내 옆으로 다가왔다. 마지막 박스를 치우니 거기에 발자국이 있었다. 내가 그걸 손가락으로 가리켰다. "이거 봐요. 내 동생 발자국이에요." 나는 말했다. 어느 날 분식집 앞을 지나가는데 아저씨가 시멘트를 개고 있었다. 동생이 뭐 하느냐고 아저씨에게 물었다. 그랬더니 바닥이 깨져서 수리 중이라고 했다. 우리는 분식집에 들어가 짜장떡볶이를 사 먹었다. 그러고 나와보니 수리가 끝나 있었다. 그때 동생이 덜 마른 시멘트 위에 발자국을 찍었다. 아마도 그게 시작이었다. 동생이 발자국을 남기기 시작한 게. 나는 동생의 발자국에 내 발을 대보았다. "작네요. 몇살이었어요?" 남자가 물었다. 나는 아홉살이었다고 말했다. 삼십년도 더 된 일이라고. "삼십년 전이요? 그럼 이 시멘트를 우리 아버지가 발랐나보네요." 남자가 말했다. 남자는 떡볶이집의 아들이었다. 아주머니가 맨날 업고 있던 그 아이. 나는 발자국을 없애지 말라고 부탁을 했다. 그리고 발자국의 주인이 얼마나 운이 좋은 아이였는지 말해주었다. "현명한 여자를 만나 결혼도 했고 예쁜 아기도 낳았어요. 운이 좋은 녀석의 발자국이니 이 가게도 아주 잘될 거예요." 내 말에 남자가 그 덕분인지 지금까지 아무 탈 없이 잘 살고 있다고 말했다. "짜장떡볶이 지금도 팔아요?" 남자는 그건 팔지 않는다고 했다. 나는 남자의 어머니가 해주던 짜장떡볶이가 세상에서 가장 맛있었다고 말해주었다. 그러니 그걸 다시 팔아달라고. "알았어요. 다시 팔게요. 약속해요." 나는 남자와 악수를 하고 헤어진 뒤 어머니가 사는 집으로 걸어갔다. 놀이터 그네에 앉아서 집 베란다를 올려다보았다. 빨래가 널려 있었다. 바람이 불어 빨래가 흔들렸으면 좋겠다는 생각이 들었다. 조카가 다섯살인가 여섯살 때 커다란 박스를 들고 부모님 집에 온 적이 있었다. 어머니가 그게 뭐냐고 물었더니 자동으로 빨래를 개는 기계라고 했다. 그러면서 조카가 박스를 뒤집어썼다. 박스에는 구멍이 두개 있었다. 어머니가 위쪽 구멍에 수건 두장을 넣자 잠시 후에 아래쪽 구멍으로 반듯하게 갠 수건 두장이 나왔다. 어머니는 조카가 태어났을 때보다도 더 환하게 웃었다. 그날의 풍경이 어제처럼 생생하게 떠올랐다. 동생은 발자국을 찍은 다음에 그 장소를 수첩에 적어두었다. 나중에 아이가 생기면 그때 같이 찾아다닐 거라고 동생은 말했다. 그 수첩을 조카에게 물려주었을까? "네모난 똥이 정말로 있었어." 나는 허공에 대고 말해보았다. 그걸 이제 알았어. 난 진작 알고 있었지. 우주여행 잊지 마. 동생이 그렇게 대답해줄 것만 같았다.

여름엔 참외

1

　순두부찌개가 먹고 싶어서 식당에 왔다가 동태찌개를
주문했다. 메뉴판 옆에 '동태찌개 시작'이라고 적힌 종이
가 붙어 있었기 때문이었다. 시작이라니. 그 말이 귀여워
서 나도 모르게 웃고 말았다. 음식이 나오기를 기다리면
서 술을 마시는 아주머니들을 보았다. 빈 병이 다섯병. 지
금 마시고 있는 병까지 합하면 한 사람당 두병이나 마시
는 셈이었다. 안주가 맛있으니 저렇게 술을 드시겠지. 왠
지 기대가 되었다. 이 동네로 이사 온 뒤 나는 집에서 혼
자 술 마시는 버릇을 없애고 토요일 오후에만 한잔씩 하
자고 다짐해두었다. 일주일에 한번 술을 마시는 거니 맛
없는 음식이랑 먹을 수는 없었다. 그래서 매주 토요일마

다 식당을 찾아다녔다. 마음에 드는 식당을 네곳 정도 찾아낸 다음 일주일에 한곳씩 돌아가며 먹을 계획이었다. 지난주 토요일에는 닭칼국수를 먹었는데 겉절이가 괜찮았다. 칼국수도 매운맛과 순한맛을 선택할 수 있었고 사이드 메뉴로 닭날개조림을 팔아서 곁들일 안주로 좋았다. 지지난주 토요일에는 낙지볶음 가게에 갔다. 달걀찜과 묵사발이 같이 나오는 세트 메뉴가 있어서 그걸 먹었다. 이 식당도 맛있으면 적어도 세곳은 확보한 거니 나머지 식당은 여유 있게 찾아도 될 듯싶었다. 사장님이 밑반찬을 내왔다. 열무김치, 미역줄기볶음, 시금치무침 그리고 양배추찜이었다. 나는 소주 한병을 주문했다. 술을 한잔 마시고 양배추찜에 열무김치를 올려 먹었다. 잠시 후에 동태찌개가 나왔다. 양이 꽤 많았다. "이거 일인분인가요?" 내가 물었더니 사장님이 그렇다고 대답했다. 술을 마시던 아주머니 중 한분이 일어나면서 혼잣말처럼 중얼거렸다. "그럼 혼자 왔는데 이인분을 팔까." 그러면서 두 손으로 양쪽 무릎을 주물렀다. 맞은편에 앉아 있던 아주머니가 말했다. "너 내가 사준 관절약 먹었어?" 그 말에 다른 아주머니가 발끈했다. "왜 나는 안 사주고 정자만 사주냐?" 이름이 정자인 분이 절뚝이며 화장실에 갔다. 관절약을 사주었다는 아주머니가 주방을 향해 소리쳤다. "경희야, 달걀말이!" 그러자 주방에서 사장님이 대답했다. "이미 하고 있어." 사장님이 주방에서 접시 두개를 들고 나왔다. 그리고 하나를 내 테이블에 올려놓았다. 달걀말이 위에 서비스라는 말이 큼지막하게 적혀 있었다. 케첩으로 쓴 글자. 나는 웃었다. "찌개가 너무 맛있어요." 엄지손가락을 들어올리며 일부러 과장되게 말했다. "내가 술을 조금 마셔서 간이 제대로 됐는지 모르겠네." 사장님이 대답했다. 그리고 아주머니들이 있는 테이블로 가서 앉았다. "나도 관절약 사줘. 안 그러면 달걀말이 돈 받는다." 그 말에 관절약 아주머니가 약이 더 비싸다며 투덜댔다. 서로 관절약을 선물하는 친구라니. 나는 매달 마지막 주에는 이곳에 와서 혼술을 해야겠다는 생각이 들었다. 그때마다 이분들이 있었으면 좋겠다고. 집으로 돌아가는 길에 인라인스케이트를 타고 가는 아이들을 보았다. 하나의 인라인스케이트를 한짝씩 나누어 신었다. 한 아이는 오른발에 한 아이는 왼발에. 둘은 손을 잡고 스케이트를 탔다. 이인삼각 경기를 하는 아이들처럼.

일주일이 지났고, 아침부터 비가 왔다. 비가 오니 동태찌개가 다시 생각나서 같은 식당에 갔다. 그때 그 아주머니들이 또 술을 마시고 있었다. 이번에는 파전에 막걸리였다. 막걸리를 보자 갑자기 김치전을 먹고 싶다는 생각이 들었다. 나는 동태찌개를 시키면서 혹시 김치전도 파는지 물어봤다. "먹고 싶으면 만들어줘야지." 사장님이 대답했다. "그러면 김치전하고 동태찌개요. 막걸리도 주세요." 내가 말했다. 내 말을 들었는지 정자 아주머니가 말했다. 그사이 파마를 새로 한 듯했다. "경희야, 김치전 만들 거면 우리 것도 하나 더 해라." 김치전이 나오길 기다리는데 정원에게서 메시지가 왔다. 내용은 없고 기사 링크만 있었다. 들어가보니 정원이 고등학생 때 좋아했던 아이돌 그룹인 '와일드 윈드'가 십육년 만에 컴백을 한다는 기사였다. 고등학교 2학년 때, 정원은 학교 축제에서 와일드 윈드의 춤을 추었다. 앉았다가 일어나는 춤이 많았는데 그걸 연습하면서 정원이 이러다 우리 오빠들 서른도 되기 전에 관절 다 작살나겠다,라고 했다. 정원의 말은 사실이 되었다. 인터뷰에서 다들 무릎이 고장 나서 더이상 과격한 안무를 할 수 없다고 말했다. 그래서 댄스곡이 아니라 발라드로 컴백하게 되었다고. 사장님이 김치전을 내왔다. "찌개는 조금 이따 줄게요. 김치전 먼저 먹어요." 나는 김치전 사진을 찍어 정원에게 보냈다. 사장님이 친구들에게 김치전을 가져다주자 관절약 아주머니가 가방에서 약을 꺼냈다. "이번에는 니들 거 다 사 왔어." 지난주에 자기도 관절약을 사달라며 투덜대던 아주머니가 그 자리에서 한알을 꺼내 먹었다. "경옥아, 고맙다." 관절약 사 온 아주머니의 이름은 경옥이구나. 나는 생각했다. 정자, 경옥, 경희. 이제 한 아주머니 이름만 알면 되었다. 그 아주머니 이름을 알 때까지 나는 투덜이 아주머니라고 부르기로 했다. 잠시 후에 동태찌개가 나왔다. 지난주보다 알이 더 많이 들어 있었다. 나는 알을 좋아하지 않아서 조금 난감했다. 막걸리를 다 마셨는데도 안주가 반이나 남았다. 매주 한병만 마시기로 했는데 어쩌지. 나는 창밖을 보았다. 아까보다 비가 더 많이 내리는 것 같았다. 비가 오는 날만 예외로 할까. 그렇게 결심을 하고 막걸리 한병을 더 주문했다. 사장님이 막걸리를 사 와야 한다며 조금만 기다리라고 했다. 그러면 그만 마시겠다고 했더니 경옥 아주머니가 말했다. "괜찮아요. 우리도 더 마실 거예요." 경옥 아주머니가 경희 사장님에게 손가락 세개를 펼쳤다. 사장님이 고개를 끄떡이고는 밖으로 나가더니, 잠시 후 전화를 받으면서 돌아왔다. "응, 응. 얼른 갈게." 전화를 끊고 사장님이 내 테이블에 막걸리를 올려놓았다. 그리고 친구들을 향해 말했다. "애 아빠가 넘어져 머리가 깨졌다는데." 너무 태연하게 말해서 그 말이 농담인지 진담인지 알 수가 없었다. 친구들이 한마디씩 했다. "또 넘어졌어?" "얼른 가게 문 닫아. 우리가 치우고 갈게." 사장님이 앞치마를 벗고 가게 간판 불을 껐다. 나는 막걸리 뚜껑을 따려다 말았다. 그때 다시 전화가 왔다. 사장님이 전화를 받더니 응, 응, 그 말만 다섯번 반복하고 끊었다. "응급실 가서 다시 전화한대. 지금 친구랑 같이 있다고 입원하게 되면 그때 오래." 사장님이 다시 앞치마를 입었다. 잠시 후 아저씨들이 우르르 몰려왔다. "간판 불 왜 안 켰어?" 맨 처음으로 들어온 아저씨가 물었다. 그러자 사장님이 말했다. "우리 남편이 머리가 깨졌다네. 그래서 일찍 가게 문 닫으려고." 그 말에 아저씨들이 저마다 한마디씩 했다. "깨져? 피 많이 났대?" "피 나는 게 더 낫지. 안 나면 뇌진탕이여." "말은 잘해? 말이 어눌해지는지 살펴봐." "그나저나 우리 삼겹살 먹을 건데." "고기랑 밑반찬만 내놓고 가. 우리가 알아서 먹고 갈게." 아저씨들이 태연하게 자리에 앉았다. 사장님이 주방에서 음식을 준비하는 동안 아저씨들은 헤딩을 하다 서로 머리를 부딪친 사건을 이야기하기 시작했다. "내가 그때부터 기억력이 나빠진 것 같아." "난 아무래도 그때부터 머리가 빠지기 시작한 거 같아." 엿들어보니 아저씨들은 조기축구회 회원인 모양이었다. 최근 시합에서 5 대 2로 졌다. 아저씨들이 삼겹살을 굽기 시작했고 나는 막걸리 병을 땄다. 그사이 사장님은 딸과 통화를 했다. 넘어져서 다친 게 이번이 처음은 아닌 모양이었다. "어디 용한 작명소 없어? 이름을 바꾸든지 해야지." 전화를 끊은 사장님이 친구들에게 말했다. "그러게. 구실인데 구실을 못해." 경옥 아주머니가 말하자 다른 친구들이 웃었다. 사장님 남편 이름은 구실인 모양이었다. 이름이 구실이라니. 어렸을 때 놀림을 꽤 받았을 이름이었다. 나는 막걸리를 반 정도 남기고 자리에서 일어났다. 그사이 비가 그쳤다. 집으로 돌아오는 길에 예쁘게 포장된 상자를 들고 걸어가는 여자아이들 셋을 만났다. 그 뒤를 따라 걸으며 대화하는 것을 엿들었다. "내 선물은 너무 작아." 한 아이가 말하자 다른 아이가 대답했다. "내 건 포장지만 커." 그러자 다른 아이가 말했다. "나 생일 초대 처음 받아봐." 아이들은 누군가의 생일파티에 가는 모양이었다. 나는 몇년째 생일날 미역국을 못 먹었다. 아니 안 먹었다. 어머니가 돌아가신 뒤 생일날 미역국을 먹는 게 의미 없게 느껴졌다. 집 앞에 도착한 뒤에야 가게에 우산을 두고 왔다는 걸 알아챘다.

2

유튜브를 볼 때마다 와일드 윈드의 영상이 자동으로 추천되었다. 일곱명으로 시작된 그룹은 이런저런 사건을 겪으면서 네명으로 줄었다. 춤을 잘 추던 멤버가 나가고 보컬 멤버만 남아서 오히려 발라드가 잘 어울렸다. 라디오에 출연한 리더가 돌아가신 어머니를 생각하며 한음 한음 소중히 불렀다고 말했는데, 팬들이 그 영상을 쇼츠로 만들었다. 조회 수가 150만회를 넘었다. 정원은 팬사인회에 응모하겠다며 앨범을 여러장 샀다. 당첨이 되면 내가 아이를 봐준다고 약속을 했다. 그 말을 하면서 속으로는 설마 당첨이 되겠어 하는 마음이었다. 그런데 그만 당첨이 되고 말았다. 사인회가 열리는 토요일 오후, 나는 정원의 아들 수현과 극장에서 애니메이션 영화를 보았다. 생일을 너무 좋아하는 아이가 생일로 알고 있던 날이 진짜 태어난 날이 아니라는 사실을 알게 되는 이야기였다. 아이는 입양되었고 출생 기록에는 생년월일이 적혀 있지 않았다. 양부모는 아이를 입양한 날을 생일로 정했다. 아이는 입양되었다는 사실보다 태어난 날을 모른다는 사실 때문에 상처를 받았다. 태어난 날 눈이 왔을까 비가 왔을까? 병원 창밖으로 환한 꽃나무가 보였을까 보름달이 보였을까? 그런 것들을 상상하다 아이는 몽유병에 걸렸다. 아이는 밤마다 맨발로 뒷마당을 걸었다. 영화는 몽유병에 걸린 아이의 발을 자주 보여주었다. 아이의 발은 들꽃을 피해 걸었다. 개미를 피해 걸었다. 수현이 훌쩍이는 소리가 들렸다. 갓난아기였을 때 수현은 좀처럼 울지 않았다. 기저귀가 젖어도, 배가 고파도, 자다 깨도, 엄마가 들여다볼 때까지 방긋방긋 웃으며 기다렸다. 그랬는데 정원이 이혼을 한 뒤로는 울보가 되었다. 유치원에서 주말농장으로 견학을 간 날 감자를 캐다가 운 게 시작이었다. 선생님들이 꽃삽을 나눠주었는데 그걸로 감자를 캐다 그만 생채기를 낸 것이다. 꽃삽에 파인 감자를 보고 울고, 알이 영글지 않은 옥수수를 보고 울고, 고래를 닮은 구름을 보고 울었다. 그날 밤, 정원은 내게 전화를 걸어 그 이야기를 해주었다. 이혼소송을 하면서 정원은 밤마다 혼자 술을 마시며 울었다. 그 모습을 수현이 본 게 틀림없다고. 다 자기 탓이라고. "아니야. 수현이가 F인 거야. 잘 우는 만큼 잘 웃기도 하잖아." 내가 위로를 해주었다. 그 말에 정원이 훌쩍이며 대답했다. "맞아, 우리 아들은 잘 울고, 잘 웃고, 그리고 잘 자." 내가 정원의 말에 한마디를 덧붙였다. "그리고 똥도 잘 싸고." "맞아, 우리 아들. 똥도 잘 싸고." 오랫동안 변비로 고생한 정원은 그것만은 자신을 닮지 않았다며 기뻐했다. 영화는 케이크의 촛불을 끄는 장면으로 끝났다. 케이크에는 이런 문구가 쓰여 있었다. '이건 생일 케이크가 아님.' 영화가 끝나자 수현이 박수를 쳤다.

영화를 보고 난 뒤 정원과 만나기로 한 패밀리 레스토랑에 갔다. 정원이 이십분이나 늦게 왔다. 그러면서 팬사인회에 온 아이들이 우는 통에 사인회 시간이 길어졌다는 변명을 했다. "무슨 아이들?" 내가 묻자 정원은 와일드 윈드가 아이돌 최초로 유아 동반 팬사인회를 열었다는 말을 해주었다. "팬들이 거의 엄마가 된 거지. 어떤 팬이 팬사인회에 가고 싶은데 주말이라 아이를 맡길 데가 없다는 사연을 보낸 거야. 그 말을 들은 우리 리더가 이렇게 말했어. 버스도 6세 미만은 무료인데 데리고 오세요, 하고." 그렇게 말하고 정원은 수현의 머리를 쓰다듬었다. "넌 아홉살이니까 무료가 아니고." 수현이 메뉴판에서 가격표를 가리켰다. "난 엄마보다 만원이나 싸." 나는 맥주 한잔 값으로 무제한 리필이 가능하다는 안내 문구를 가리켰다. "나는 이거 사줘." 직원이 빈 맥주잔을 가져다주면서 샐러드 코너 뒤쪽에 맥주 탭이 있다고 말했다. 첫 잔을 따르는데 거품만 나왔다. 거품이 가득 담긴 맥주잔을 들고 자리로 돌아오니 정원이 날 한심하게 보았다. "자신 없으면 나한테 부탁하지." 정원이 말했다. 그리고 내 잔을 들고 가더니 잠시 후 돌아왔다. "완벽한 8 대 2 비율이야." 정원이 내 앞에 맥주잔을 내려놓으면서 말했다. 이십대에 정원은 온갖 아르바이트를 했다. 생맥줏집 아르바이트를 할 때는 손님들에게 원하는 거품의 비율을 물어봐 거기에 맞게 맥주를 따라주기도 했다. 8 대 2나 9 대 1을 원하는 손님이 가장 많았다. 정원은 7 대 3 비율을 가장 좋아했다. 내가 술을 마시러 가면 정원은 사장님 몰래 두가지 맥주를 섞어주기도 했다. 라거 7에 흑맥주 3. 내가 가장 좋아하는 조합이었다. 정원이 팬사인회에서 있었던 일을 이야기해주었다. 히트곡 메들리를 부르다 한 멤버의 바지가 터졌다는 거다. "노래 부르다 갑자기 춤을 추기 시작한 거야. 그러다 양복바지가 그만. 그걸 보는데 옛날 생각 나더라." 정원이 웃었다. 고등학교 2학년 때 정원은 학교 축제에서 커버 댄스를 추다가 바지 엉덩이 쪽이 터진 적이 있었다. 그래도 정원은 춤추는 걸 멈추지 않았다. 공연이 끝나고 정원은 공연을 보던 아이들에게 말했다. 제 영상 찍은 분들 손 들어보세요, 하고. 많은 아이들이 손을 흔들었다. "약속해요. 영상 지우기로." 정원이 소리쳤고 아이들이 그 말을 따라 했다. "지우자. 지우자." 정원이 엉덩이가 찢어진 바지를 입고 춤을 추는 영상은 아무 데도 유포되지 않았고, 교장 선생님은 졸업식 날 그 일화를 이야기하며 그런 학생들이니 모두 좋은 어른이 될 거라고 말했다. 수현이 와플에 생크림을 잔뜩 올려 가지고 왔다. 그걸 보고 정원이 살찐다고 잔소리를 하자 수현이 말했다. "이거 내 생일 케이크. 오늘 내 생일이야." 나는 그 말이 무슨 말인지 알아들었다. 그래서 재빨리 대답해주었다. "그래, 오늘 수현이 생일." 정원이 눈을 동그랗게 뜨고 무슨 뜻이냐 물었다. 나와 수현은 말해주지 않았다. "궁금하면 너도 영화 봐." 자신의 진짜 생일날을 알아내지 못한 아이는 해마다 생일날을 바꿨다. 어떤 해는 첫눈이 내린 날로 생일을 정했고, 어떤 해는 개기월식이 일어난 날로 생일을 정했다. 어떤 해는 생일파티를 세번이나 했고, 어떤 해는 생일이 없기도 했다. "올해 이모의 생일은 6월 21일로 할래. 낮이 가장 긴 날이거든." 내가 말했다. 수현이 그날 잊지 않고 생일 메시지를 보내주겠다고 약속했다. 정원과 헤어지고 집으로 돌아오는 길에 골목에서 번호가 0621인 차를 보았다. 휴대전화를 꺼내 번호판 사진을 찍었다. 태어난 날이 아닌 날을 생일로 하면 미역국을 먹을 수 있을까. 나는 정원에게 사진을 보냈다. '잊지 마. 올해는 이 날이 내 생일이야.' 내 이름이 들어간 간판만 보면 사진을 찍어 보내던 사람과 사귄 적이 있었다. 목포에는 내 이름으로 된 미용실이 있었고 안동에는 칼국수 가게가 있었다. 군산에는 내 이름과 그 사람의 이름이 들어간 가게가 나란히 있기도 했다. 그 두 가게의 간판을 찍어 보내던 날 내게 농담을 했다. 삼년 후에도 가게들이 망하지 않고 그대로 있으면 그때 결혼하자고. 나는 가게들이 아직까지 있는지 검색해보려다 말았다.

3

　일주일 내내 같은 꿈을 꾸었다. 꿈속에서 나는 정글짐

맨 꼭대기에서 다리를 걸고 거꾸로 매달려 있다. 나는 다리에 힘을 주고 몸을 흔든다. 바지 주머니에서 동전 몇개가 떨어진다. 동전을 향해 침을 뱉는다. 곧이어 동전 주위로 빗방울이 떨어진다. 집에 가야 하는데. 비에 젖기 전에. 그렇게 생각했지만 몸이 움직이지 않는다. 빗줄기는 점점 굵어지고 운동장에서 놀던 아이들도 모두 사라진다. 나는 거꾸로 매달린 채 비를 맞는다. 점심에 정원이 미역국을 끓이는 사진을 보냈다. '오늘도 생일이래. 도대체 어떤 영화를 보여준 거야?' 나는 생일 축하 이모티콘을 보냈다. 미역국을 보자 뜬금없이 잡채가 먹고 싶어졌다. 그래 오늘은 고추잡채를 먹어야지. 나는 중국집을 검색해보았다. 별점이 4.9인 중국집이 있었다. 지도를 보니 옆 건물에 빨래방이 보였다. 그래서 이불을 들고 집을 나섰다. 가는 길에 경희 사장님의 식당 앞을 지나갔다. 가게 문은 닫혀 있었다. '환갑 여행 중.' 가게 입구에 종이가 붙어 있었다. 여행을 간 걸 보면 머리가 깨졌다는 남편은 괜찮은 모양이었다. 그런데 부부가 여행을 갔을까? 매주 어울리던 친구들이랑 가지 않았을까? 왠지 그랬을 것 같았다. 무인 빨래방에는 사람이 한명도 없었다. 이불을 넣고 빨래가 돌아가는 것을 한참 구경했다. 한 남자가 들어와 운동화 전

용 세탁기에 운동화를 잔뜩 넣었다. 나랑 똑같은 운동화
도 있었다. 올봄에 달리기를 해보려고 샀는데 족저근막염
이 생기는 바람에 일주일 만에 그만두었다. 남자의 운동
화는 뒤축이 닳아 있었다. 빨래 시작 버튼을 누른 뒤 남자
는 무인 아이스크림 판매대로 가서 메로나를 사 왔다. 메
로나가 처음 나왔을 때 아버지는 하루에 하나씩 메로나
를 드셨다. 그래서 멜론을 사다 드렸더니 아이스크림보
다 맛이 없다고 한입 드시고는 말았다. "난 이상하게 가
짜가 더 맛있다." 아버지는 메로나를 먹을 때마다 그 말을
했다. 바나나보다는 바나나우유가 더 좋고 멜론보다는 메
로나가 더 좋다고. 아버지가 돌아가시고 옷을 정리하는
데 가짜 브랜드 티셔츠가 잔뜩 나왔다. 가짜 푸마. 가짜 리
복. 가짜 나이키. 내가 그걸 버리려고 했더니 어머니가 잠
옷으로 입겠다고 그냥 두라고 했다. 어머니가 돌아가신
뒤 나는 목둘레가 늘어난 티셔츠 때문에 불면증에 걸렸
다. 평생 예쁜 잠옷 한번 입어보지 못한 어머니 때문에. 예
쁜 잠옷 한벌 사주지 않은 못된 딸 때문에. 나는 아이스크
림 판매대로 갔다. 메로나를 사려고 했는데 그 옆에 옥수
수가 그려진 아이스크림이 있어서 그걸 골랐다. 어머니는
옥수수를 잘 드시지 않는데 옥수수밥은 좋아했다. 옥수

수 모양의 과자 안에 아이스크림이 들어 있었다. 나는 아이스크림을 먹으면서 유튜브를 보기 시작했다. 와일드 윈드의 팬사인회 영상이 올라왔다. 춤을 추다 바지가 터진 영상도 있었다. 바지가 찢어진 멤버가 양손으로 엉덩이를 가리고 게걸음으로 걸어가는 장면에서 팬들이 괜찮아, 괜찮아, 하고 소리쳤다. 세월이 흘러도 여전하다는 댓글이 달려 있었다. 그러고 보니 바지가 찢어진 멤버는 데뷔 초에 방송에서 콜라 빨리 마시기 장기를 선보이다가 트림을 했던 적이 있었다. 하필이면 그 순간 벽에 붙어 있는 풍선이 터지는 바람에 트림으로 풍선을 터트린 아이돌이 되었다. 유튜브 영상 댓글에는 그 풍선 사건 때부터 좋아했다는 글이 있었다. 생일 케이크의 초를 끄다가 눈썹을 태웠을 때부터 좋아했다는 글도 있었다. 춤을 추다 신발이 관객석으로 날아갔을 때부터 좋아했다는 글도 있었다. 팬들이 남긴 댓글을 따라 읽다 이상한 글을 보았다. '이런 건 창피한 일에도 못 들지. 전교생 앞에서 바지가 터진 친구도 있는데.' 나는 그 댓글을 쓴 사람의 채널에 들어가보았다. 올린 영상도 구독자도 없었다. 남의 영상에 댓글만 세 개 달았다. 그 사람이 댓글을 쓴 다른 영상에 들어가보았다. 하나는 길거리에서 막춤을 추는 고등학생들의 영상이었다. 영상 제목이 '어디 내놓아도 창피한 친구들'이었는데 거기에는 이런 댓글이 달려 있었다. '눈사람 머리가 데굴데굴 구를 때 나도 창피했었지.' 다른 하나는 달리기를 하는 사람의 뒷모습을 따라가는 영상이었다. 영상에서는 달리는 사람의 숨소리만 들렸고 자막으로 그의 인생이 요약되어 흘러갔다. 열일곱살에 아이를 임신했던 일. 그 아이를 지우려고 했던 일. 아이를 낳겠다고 하자 부모님이 창피하다며 인연을 끊은 일. 달리는 사람은 그런 인생 이야기를 담담하게 고백했다. 거기에는 이런 댓글을 달아놓았다. '힘들면 따뜻한 냄비우동을 드세요. 그러면 용기가 생겨요.' 이불 빨래가 끝났다. 나는 이불을 건조기에 넣고 고온 버튼을 눌렀다. 글을 남긴 사람이 영수일지도 모른다는 생각이 들었다.

나와 영수와 정원은 고등학교 2학년 때 만났다. 정원과는 앞뒤 자리에 앉아서 서로 농담도 하고 가끔 떡볶이도 사 먹는 사이였지만 영수는 자리가 멀어서 학기가 끝나가도록 몇마디 주고받지 못했다. 이른 첫눈이 내린 날이었다. 그날 나는 체육 시간에 피구 게임을 하다 얼굴에 공을 맞았는데 판다처럼 두 눈에 멍이 들었다. 맨날 화난 얼굴

로 수업을 하던 국사 선생님이 내 얼굴을 보고는 웃음을
터트렸다. 한번 웃기 시작하자 선생님은 웃음을 참지 못
했다. 웃다가 갈비뼈나 부러져라, 하고 나는 속으로 생각
했다. 갈비뼈는 부러지지 않았지만 선생님은 웃다가 담에
걸렸다. 그 바람에 오른손을 들지 못해서 칠판에 글을 쓰
지 못했다. 그제야 선생님이 내게 사과를 했다. 웃어서 미
안하다고. 사과를 하면서 선생님이 웃은 이유를 말해주었
다. 스무살 때 선생님도 나처럼 두 눈에 멍이 든 적이 있
었다고. 그때 선생님은 대학 입시에 실패하고 재수학원에
다녔는데, 앞자리에 앉은 여학생을 짝사랑했다. 그 학생
은 평소에는 공부를 잘했는데 시험만 보면 망쳤다. 긴장
을 너무 많이 했기 때문이었다. 수능을 사흘 앞두고 선생
님은 계단에서 미끄러지면서 난간에 이마를 부딪쳤다. 처
음에는 이마에 들었던 멍이 점점 아래로 내려갔다. 그러
다 두 눈에 퍼렇게 멍이 고였다. 수능시험을 보고 난 다음
여학생이 선생님에게 고맙다고 말했다. 멍든 눈을 생각하
자 자꾸 웃음이 났다고. 그랬더니 긴장이 풀렸고 그 덕에
시험을 잘 봤다고. "그래서 나보다 더 좋은 대학에 합격했
지. 그런데 그게 자격지심이 되어서 그후로 연락하지 못
했어. 나 참 못났지?" 선생님이 말했다. 선생님의 이야기

를 들은 아이들이 말했다. "선생님, 지금이라도 찾아봐요. 결혼 안 했을 수도 있잖아요." 그러자 선생님이 고개를 저었다. "창피해. 창피해." 정원이 손을 들고 말했다. "선생님, 전교생 앞에서 바지가 터진 사람도 있어요. 그게 뭐가 창피해요." 그 말을 들은 선생님이 활짝 웃었다. "그래, 맞다. 맞다. 그게 뭐가 창피하냐." 수업이 끝나고 영수가 내게 사과를 했다. 공을 던진 건 자기였다고. 내가 미안하면 맛있는 거라도 사라고 대답했다. 그때 뒤에 앉아 있던 정원이 끼어들었다. "나도 사줘. 내 엉덩이 보고 영수 네가 제일 크게 웃었어. 내가 다 봤어." 정원이 냄비우동을 먹자고 했다. 눈이 오는 날은 냄비우동을 먹는 법이라고. 분식집 사장님이 내 눈을 보고 웃었다. "우리 보고 웃었으니 양 많이 주세요." 내가 말했다. 사장님이 웃어서 미안하다며 유부초밥을 서비스로 주었다. 우동을 먹으면서 정원이 말했다. "우리 엄마가 내가 배 속에 있었을 때 이걸 자주 먹었대. 이걸 먹으면 용기가 생겼대. 혼자서도 날 키울 용기가." 정원의 말을 듣던 영수가 내게 고백했다. 사실 일부러 내 얼굴을 향해 던졌다고. 내가 미워서 그런 건 아니고 자기 자신이 미워서 그랬다고. 그날 우리 셋은 눈이 쌓인 곳마다 발자국을 남기며 걸었다. 그러다 어느 가게 앞에서 만화 「명탐정 코난」의 코난을 닮은 눈사람을 보았다. 동그란 안경을 쓰고 나비넥타이까지 하고 있었다. "수수께끼로 놔두는 편이 나을 때도 있어." 영수가 코난 목소리를 흉내 내며 말했다. "3기. 세기말의 마술사." 내가 대답했다. 영수가 오른손을 번쩍 들었고 내가 하이파이브를 했다. 그때였다. 눈사람 머리가 갑자기 떨어졌다. 코난의 머리가 데굴데굴 굴러갔다. 안경이 떨어지고 넥타이가 떨어졌다. 지나가는 사람들이 굴러가는 머리를 보았다. 누군가 우리를 보고 고개를 가로저었다. 못된 것. 그렇게 중얼거리는 사람도 있었다. "우리가 그런 거 아니에요." 영수가 말했다. 그리고 뛰었다. 정원이 영수를 따라 뛰었다. 그 뒤를 내가 따라 뛰었다. 그러다 넘어졌다. 영수가 먼저 넘어지고 넘어진 영수를 일으켜주려다 정원이 같이 넘어졌다. 그리고 달리는 속도를 줄이지 못한 내가 두 친구 위로 넘어졌다. 영수는 엉덩이뼈에 금이 갔다. 구급차를 기다리면서 영수는 창피하다는 말을 하고 또 했다. 그때마다 정원이 말했다. "괜찮아. 전교생에게 빨간 팬티를 보인 나도 있잖아." 내가 대학교 신입생 환영회에서 선배 신발에 토했을 때도, 영수가 중고 거래에서 사기를 당해 카메라 대신 벽돌을 택배로 받았을 때도, 정원이 면접을 보러 가다 하이힐이 부러졌을 때도 우리는 서로에게 말했다. 괜찮아. 이런 건 창피한 일에도 못 들지. 그후로 십년 동안 우리는 새해 일출을 같이 보았다. 그리고 지난해에 있었던 창피한 일들을 종이에 적은 다음 비행기로 접어서 날리고 냄비우동을 사 먹었다. 영수가 정원의 돈 삼천만 원을 가지고 사라졌을 때 정원은 이렇게 말했다. "정말로 창피한 게 뭔지 몰랐던 거야, 그년은." 건조가 다 되었다는 알림음이 울렸다. 나는 영수일지도 모르는 사람이 남긴 댓글에 다시 댓글을 남겼다. '수수께끼로 놔두는 편이 나을 때도 있을까?' 건조기에서 꺼낸 이불은 따뜻했다. 이불을 접어서 가방에 담았더니 갑자기 따뜻한 국수가 먹고 싶어졌다. 고추잡채는 다음 주에 먹어야지. 나는 국수가게에 갔다. 매운어묵국수와 닭발편육을 주문했더니 직원이 편육은 매운맛이라고 말해주었다. "그러면 어묵국수를 순한맛으로 바꿔주세요. 소주도 한병이요." 편육이 매콤해서 안주 삼기에 좋았다. 날이 쌀쌀해지면 편육에 막걸리를 마셔도 좋을 것 같았다. 내가 단 댓글에 또다시 댓글이 달렸다. '너구나?'

4

영수는 내게 전화를 걸어 국사 선생님 이야기를 했다. 쓸개 제거 수술을 받은 국사 선생님의 아내와 같은 병실에 입원을 했다고. 선생님 왼쪽 눈썹 밑에 점이 있어서 한번에 알아봤다고. 국사 선생님은 같은 위치에 점이 있는 학생들만 보면 이런 말을 했다. "이건 재물운이야. 그러니까 절대 빼지 마라." 우리에게 재수 시절을 고백한 뒤 선생님은 이상한 일을 연이어 겪었다. 겨울방학 때 조카랑 눈썰매장을 갔다가 뒤따라오는 조카의 발에 차여 오른쪽 눈이 퍼렇게 멍들었다. 그 멍이 가시기도 전에 왼쪽 눈이 멍들었다. 술에 취해 길을 걷다 전봇대에 부딪힌 것이다. 그때마다 선생님은 그게 뭐가 창피해요, 하고 소리치던 학생들의 목소리가 환청처럼 들렸다. 그래서 선생님은 짝사랑했던 학생의 행방을 수소문해보았고 어느 기업의 홍보팀에서 일한다는 사실을 알아냈다. 선생님은 회사 사이트를 뒤져서 메일 주소를 알아냈다. 수능 전날 눈에 멍이 들었던 남학생을 기억하세요?라고 선생님은 메일에 적었다. 선생님의 짝사랑은 메일을 받자마자 그날을 기억해냈다. 그러자 또 웃음이 났다. 그날 마침 중요한 프레젠테이션을 앞두고 있었는데 긴장이 풀려서 그런지 성공적으로 발표를 마쳤다. 그래서 고맙다고 답장을 보냈다. "그 일로 다시 만나게 되었고 결혼까지 하게 되었대." 영수는 내게 말했다. 선생님은 영수를 정원으로 착각했다. 그래서 영수에게 고맙다고 말했다. "네가 춤추다 바지가 터지는 바람에 내가 용기를 낼 수 있었어." 선생님의 말에 영수는 그건 자기가 아니라고 말했다. 하지만 그때 그 친구의 영상을 아직도 가지고 있다고 고백했다. 친구에게는 지웠다고 거짓말을 했다고. 웃고 싶을 때마다 혼자 그 영상을 본다고. 그 말을 하다 영수는 울었다. 갑작스럽게 눈물을 흘리자 국사 선생님이 위로를 해주었다. "걱정 마. 우리 아버지는 이십년 전에 위암 수술을 받았는데 지금까지 건강해." 영수는 그것 때문에 운 게 아니었다. 졸업식 날 교장 선생님이 했던 말이 떠올랐기 때문이었다. 영수가 수술을 마치고 돌아와보니 선생님의 아내는 퇴원하고 없었다. 그 대신 영수의 침대에 손때 묻은 작은 도마뱀 인형과 편지가 놓여 있었다. 선생님은 막내딸이 초등학생 때 만들어준 인형을 놓고 간다고 적었다. '우리 딸 말에 의하면 무슨 일이든 척척 해내는 도마뱀이래. 이게 너에게 행운을 줄 거야.' 영수는 도마뱀 인형을 손바닥에 놓고 사진을 찍었다. 그리고 메신저 프로필 사진을 도마뱀 사진으로 바꾸었다. 무슨 일이든 척척. 소개 문구도 바꾸었다. 그러자 영수는 정원의 프로필 사진이 궁금해졌다. 정원을 검색해 프로필 사진을 보았다. 와일드 윈드 팬사인회장 입구에서 찍은 사진이었다. "그래서 팬사인회 영상을 찾아봤어. 그러다 혹시 정원이 볼까 싶어 댓글을 남겨봤고. 그런데 네가 알아봤네." 영수가 말했다. 영수와 통화를 마친 뒤 나는 정원에게 전화를 걸었다. 뭐 하냐고 물었더니 수현이랑 세상에서 가장 예쁜 단어 찾기 게임을 한다고 했다. "그게 뭐야?" "몰라. 숙제래. 예쁜 단어 열개 찾아오기. 근데 사랑, 엄마, 뭐 이런 단어는 안 된대. 너도 하나만 말해봐." 나는 숭늉이라고 말했다. 왠지 그 단어만 생각하면 마음이 부드러워진다고. "그게 뭐야. 하나도 안 예쁘지만 일단 후보에 넣어둘게." 정원이 웃으며 말했다. 그러면서 자기네들이 찾은 단어들을 말해주었다. 잠자리. 노을. 그림자. 맨발. "그거나 숭늉이나 비슷하네. 그건 그렇고 영수한테 연락이 왔어." 내 말에 정원이 영수 이야기는 꺼내지도 말라고 했다. 지금은 예쁜 단어를 말하는 시간이라고. "응. 미안. 그런데 암이래." 내가 말했다. 정원이 아무 말도 하지 않았다. 나는 정원이 말을 할 때까지 기다렸다. 그러면서 예쁜 단어들을 생각했다. 꽃삽. 지우개. 간지럼. 한참 후에 정원이 말했다. "죽는대? 아니면 산대?"

정원은 녹두죽을 끓여 왔다. "이거 먹고 건강해져서 일 많이 하라고. 그래서 내 돈 갚으라고." 정원은 죽집에서도 아르바이트를 한 적이 있었다. 녹두죽 효능에 암환자 회복에 좋은 음식이라고 적혀 있던 게 기억이 나 끓여봤다고 정원은 말했다. 영수가 정원의 돈을 가지고 사라진 후 정원은 술만 마시면 영수 욕을 했다. 우리는 매주 금요일마다 닭발가게에 갔다. 거기에서 가장 매운 닭발을 시킨 다음 가운데 발가락을 하나 남겨놓고 먹었다. 그리고 그걸 흔들면서 영수 욕을 하면 기분이 조금 나아지는 것 같았다. 그건 영수가 우리에게 알려준 방법이었다. "이게 바로 닭발 뻑큐지. 욕은 닭발로 대신하고, 내 손으로는 예쁜 것만 하자." 그렇게 말하며 영수는 우리한테 손가락 하트를 해주곤 했다. "네 말대로 일년 내내 닭발 먹으며 네 욕을 했어. 그랬는데도 화가 하나도 안 풀리더라." 내가 말했다. 영수가 잘했다고 대답했다. 앞으로 계속 계속 욕을 해도 괜찮다고. "사실 네 욕을 하면서 내가 이런 저주를

했어. 암이나 걸리라고. 미안해." 정원이 말했다. 처음에
정원은 가벼운 저주를 했다. 변비나 생겨라. 그래도 화가
풀리지 않자 넘어져서 다리가 부러지는 상상을 했다. 그
래도 화가 풀리지 않았다. 그래서 점점 저주의 강도를 높
였다. 정원은 영수가 암에 걸려 찾아오는 상상을 종종 하
곤 했다. 그때마다 정원은 희열과 죄책감을 동시에 느꼈
다. "미안해. 네가 진짜 암에 걸릴 줄은 몰랐어." 정원이
말했다. 영수가 정원에게 통장을 주었다. "12월이 만기야.
네가 가지고 있다가 그때 찾아가." 정원이 통장을 보더니
다시 영수에게 돌려주었다. "네 통장이잖아. 12월에 네가
찾아서 줘." 정원은 서른살이 되기 전에 방 두칸짜리 전셋
집을 얻는 게 꿈이었다. 그래서 하루도 쉬는 날 없이 아르
바이트를 했다. 영수에게 빌려준 돈을 돌려받지 못하게
되자 정원은 유통기한 지난 삼각김밥을 먹어가며 아르바
이트를 했던 자신에게 화가 났다. 그래서 돈을 막 쓰기 시
작했고 손님들에게 짜증을 냈다. 점장은 정원을 해고하지
않고 휴가를 주었다. 봉투에 휴가비까지 넣어주면서. 봉
투를 받고 정원은 울었다. 그러자 점장은 정원에게 손수
건을 건네주었다. 그리고 아무 말 없이 일어나 휴게실 문
을 닫아주었다. 다른 사람들이 울음소리를 듣지 못하도

록. "그때 그 사람이 참 다정하게 느껴졌어. 그래서 사귀었어." 정원이 거기까지 말하고는 아이스커피를 한번에 마셨다. "한잔 더 마셔야겠다." 정원이 추가 주문을 하러 가는 사이 내가 나머지 이야기를 영수에게 해주었다. "그래서 결혼을 했다가 이혼했어. 정원이 말에 의하면 다정한 사람이 아니라 다정하다고 착각했던 거래." 정원이 돌아와 마저 이야기를 했다. "너 때문에 결혼했다 이혼한 거야. 그런데 네 덕분에 우리 수현이를 얻었으니 됐어." 정원이 영수에게 수현의 사진을 보여주었다. 영수가 수현의 사진을 보고는 고개를 들어 정원의 얼굴을 보았다. "너 닮았네. 신기하다." 내가 실제로 보면 더 닮았다고 말했다. "그런데 변비는 안 닮았어." 정원이 말했다. "다행이다." 영수가 웃으며 대답했다. 과일 트럭이 카페 맞은편에 차를 세웠다. 꿀참외 팔아요. 꿀복숭아 팔아요. 꿀토마토 팔아요. 트럭에서 흘러나오는 소리를 듣다 영수가 웃었다. "저럴 거면 그냥 꿀을 팔지." 영수가 우리에게 과일을 사주겠다고 했다. 몸에 좋은 거 미리미리 먹고 자기처럼 암에 걸리지 말라며. 우리는 카페에서 나와 과일 트럭으로 갔다. 영수가 참외를 하나 들고는 냄새를 맡았다. 나도 냄새를 맡았다. 단 냄새가 났다. "내가 어렸을 때 엄마가 해

준 이야기인데, 줄이 열한개인 참외를 먹으면 행운이 온
대. 엄마는 딱 한번 먹어봤는데 그렇게 단 참외는 태어나
서 처음이었대." 영수가 참외의 하얀 줄을 세었다. 열한개
는 없고 모두 열개만 있었다. 과일 장수가 화를 냈다. 참외
는 전부 열줄이라고. "사장님, 제가 일주일 전에 암 수술
을 했거든요. 죽기 전에 끝내주게 맛있는 참외 한번 먹어
보려고요." 영수의 말에 과일 장수가 그러면 마음껏 찾아
보라고 했다. 찾으면 공짜로 주겠다고. 그러면서 자기 어
머니도 암 수술을 하셨는데 지금까지 건강하다는 말을 덧
붙였다. "요새 우리 어머니는 매일 두시간씩 산책을 해요.
토마토를 매일 다섯개씩 드시고요." 나는 하얀 줄이 아홉
개인 참외를 찾았다. 영수가 맨 마지막 박스에서 열한개
줄이 있는 참외를 찾았다. 그걸 과일 장수에게 보여주었
다. "에이, 이건 열줄이잖아요." 과일 장수가 말했다. 하얀
줄 하나가 중간에 두개로 갈라진 것이었다. 그래서 참외
꼭지에서 보면 열줄이지만 반대쪽인 배꼽에서 보면 열한
줄이었다. "치사하게. 그러면 내 돈 내고 살게요." 영수가
말했다. 참외는 만원에 열개였다. 영수는 참외 이만원어
치를 사서 나와 정원에게 나누어주었다. 열한줄짜리 참외
는 정원에게 주었다. 혼자 먹지 말고 꼭 아들이랑 같이 먹

으라는 말과 함께. 나는 토마토를 만원어치 사서 정원에게 주었다. 우리는 과일을 담은 검은 비닐봉지를 흔들면서 걸었다. 나는 영수에게 6월 21일이 내 생일이니 곧 보자고 말했다. 그때까지 열한개 줄이 있는 참외를 찾아놓겠다고. 나는 정원에게 예쁜 단어 목록에 참외를 넣어도 괜찮을 것 같다고 말했다. 영수가 그게 무슨 말이냐 물어서 나는 수현이 예쁜 단어 찾기 숙제를 하는 중이라고 설명해주었다. 그러자 영수가 산책이라고 말했다. "나는 지금부터 매일매일 산책을 하는 사람이 될 거야." 영수가 말했다. "매일 산책을 하고, 매일 일곱시간씩 잠을 잘 거야." "매일 토마토 다섯개씩 먹는 사람이 되자." 나는 영수와 정원에게 식당에서 만난 아주머니들 이야기를 해주었다. "내가 나중에 관절약 선물해줄게." 내 말에 영수가 울었다. "나중이라고 말해줘서 고마워." 영수가 울자 정원이 화를 냈다. "울지 마. 울면 암세포가 다시 생길지도 몰라." 나는 식당 사장님의 남편 이름이 구실이라고도 말해주었다. 어릴 때 무슨 사연이 있었기에 부모님이 그런 이름을 지어주었을까. 이름이 웃긴데 그걸 상상해보면 또 슬프기도 하다고. "구실이라니. 그래도 좀 창피한 이름이다." 영수가 말했다. "뭐가 창피해. 전교생 앞에서 바지가 터진 사람도 있는데." 정원이 그렇게 말하며 참외가 든 비닐봉지를 흔들었다. 비닐봉지가 터지면서 참외가 사방으로 흩어졌다. 참외들이 데굴데굴 굴러갔다. "아이고, 저런." 지나가던 사람이 소리를 쳤다. 교복을 입은 여학생 두명이 달려와서 참외를 주워주었다. 정원이 참외 하나를 들고 우리를 향해 소리쳤다. "그래도 이 참외는 안 깨졌어. 열한줄짜리." 정원의 목소리가 너무 커서 나는 조금 창피했다. 그래도 아무 내색도 하지 않았다. "응. 다행이다. 집에 가서 수현이랑 먹어."

보통의 속도

1

　외벽 페인트 일을 하면서 나는 두가지를 조심하게 되었다. 하나는 매운 음식을 먹는 것이고 다른 하나는 장례식장에 가는 것이다. 몇년 전 다니던 회사에서 인명 사고가 났는데 그 일을 우리 부서에서 수습하게 되었다. 그때 나는 매운 음식을 먹고 설사를 하는 것으로 스트레스를 풀었다. 설사를 하고 나면 내 안에 있는 독이 빠져나가는 기분이 들었고, 그러면 악몽을 꾸지 않고 잠을 잘 수 있었다. 몇달을 그렇게 지내자 조금만 신경 쓸 일이 있으면 설사를 해야만 마음이 편안해졌다. 그러다 우연한 기회에 페인트공이 되었는데, 긴장한 상태로 외줄에 매달리다 보니 설사가 심해졌다. 그래서 매운 음식을 끊고 장에 좋은 약을 먹기 시작했다. 공중에서는 급히 화장실에 달려갈 수 없으니까. 페인트 일을 시작하고 몇달이 지났을 때쯤 옛 직장 상사에게서 모친상 부고를 받았다. 마지막으로 회식을 하던 날 술에 취한 상사는 나를 붙잡고 울었다. 그만두지 말라고. 미안하다고. 장례식장에서 만난 옛 동료들은 나를 보자 그을린 얼굴이 좋아 보인다며 동남아로 긴 여행이라도 갔다 왔냐고 물었다. 나는 페인트공이 되었다고 대답했다. 외줄에 매달려 하늘을 보면 먼 곳으로 여행을 간 기분이 든다고. 회계팀의 김차장이 보험 회사에 연락을 했냐고 물었다. 외벽 페인트공은 위험한 직업군에 속해서 직업 변경을 알리지 않으면 사고 시 보험금을 받지 못할 수도 있다며. 다음 날 일을 하던 중에 갑자기 돌풍이 불었다. 로프가 크게 흔들렸고 나는 벽에 몸을 박았다. 로프를 잡은 손에 힘을 주면서 김차장의 말을 떠올렸다. 제길. 지금 죽으면 보험료도 못 받네. 간신히 지상으로 내려온 뒤 나는 괜히 장례식 탓을 했다. 위험한 일을 하니 앞으로는 예쁜 곳만 가고 예쁜 것만 보겠다는 다짐도 했다. 그후로 가능하면 장례식장은 가지 않고 부조금만 보냈다. 그래도 완전히 피할 수는 없어서 어쩔 수 없이 가게 되는 날이면 다음 날 일을 쉬었다. 그런 날은 대중목욕탕에 가서 목욕을 한 뒤에 집 근처 호수를 한바퀴 돌았다. 그리고 내가 가장 좋아하는 벤치에 앉아 멍하니 호수를 보면서 오후를 보냈다. 그 벤치에는 '엉덩이가 차가워'라는 낙서가 새겨져 있었다. 거기 앉을 때면 나는 부러 아이고 차가워, 하고 혼잣말을 하곤 했다.

민균에게서 부고 문자가 왔을 때 나는 아파트 외벽에 108이라는 숫자를 그리고 있었다. 내가 좋아하는 숫자가 다 들어 있어서 작업하는 내내 기분이 좋았다. 내 생일이 8월 10일이기 때문이었다. 숫자를 그리다 하늘을 올려다보니 파란 하늘에 커다란 구름이 한점 떠 있었다. 배추도사와 무도사가 타고 다니던 구름처럼 생겼다. '남에 번쩍 북에 번쩍 배추도사 무도사.' 어릴 때 봤던 만화영화인데 저절로 노래가 떠올랐다. 나는 구름 사진을 찍기 위해 휴대전화를 꺼냈다. 예쁜 것만 보자고 결심한 뒤로 나는 구름 사진을 하루에 한장씩 찍었다. 그때 민균이 보낸 부고 문자를 보았다. 아내 상. 나는 휴대전화를 한참 들여다보았다. 중학교 동창인 민균을 다시 만나게 된 것은 작년이었다. 그날 돌풍 예보가 있어서 외벽 대신 아파트 흡연 구역의 벤치를 칠하고 있었다. 일을 마무리할 즈음 한 남자가 다가와 페인트가 마를 때까지 담배를 피울 수 없는 거냐고 물었다. 그래서 내가 웃으면서 몇시간만 금연을 하라고 말했다. "안 그래도 금연을 해야 하는데 이참에 할까." 상대가 반말을 해서 나는 고개를 들어 남자의 얼굴을 봤다. "너 맞구나." 민균이 나를 보고 웃었다. 그날 이후로 민균은 일을 하는 나를 발견하면 그 아래에 서서 한참 동안이나 구경을 했다. 그러다 내가 지상에 도착하면 박수를 쳐주었다. 하도 고개를 젖혔더니 목디스크가 저절로 나왔다는 농담도 했다. 한번은 아내와 산책을 하다 큰 소리로 내 이름을 부른 적도 있었다. "내 아내야. 인사해." 나는 공중에서 민균의 아내에게 손을 흔들었다. 민균의 아내가 두 손을 크게 흔들며 내게 인사를 했다. 멀리서도 좋은 사람이라는 느낌을 받았다. 자식, 결혼 잘했네, 나는 생각했다. 작업 마지막 날 민균이 맥주나 한잔하자며 집으로 초대를 했다. 일하던 차림으로 바로 가기가 그래서 아파트 내에 있는 피트니스 센터에 가서 돈을 낼 테니 샤워를 할 수 있느냐고 물었다. "데이트 가시나봐요?" 트레이너가 웃으면서 물었다. 그러고는 그냥 해도 괜찮다며 자신이 쓰는 샴푸까지 빌려주었다. 안주는 탕수육과 난자완스, 그리고 쟁반짜장이었다. "기억나? 난자완스 처음으로 먹은 날?" 그릇의 랩을 벗기면서 민균이 말했다. 그날이 생각나서 일부러 중국 음식을 시켜봤다고. 중학교 3학년 때 우리는 교통사고를 당해 다리가 부러진 친구의 병문안을 간 적이 있었다. 그때 같은 병실에 중국집 손자도 입원해 있었다. 그날 그 아이가 입맛이 없다고 해서 그 애의 할아버지가 짜장면을 가지고 왔다. 짜장면 냄새가 병실에 퍼졌고 병문안을 간 우리 중 누군가의 배에서 꼬르륵 소리가 났다. 아주 크게. 그 소리를 듣고 할아버지가 사과를 했다. 그리고 이름도 처음 들어보는 중국요리를 잔뜩 시켜주었다. "나는 그때 먹어본 난자완스 맛을 아직도 잊지 못해." 민균이 말했다. 그날 이후 민균은 난자완스를 하지 않는 중국집은 중국집으로 치지도 않았다. "난자완스, 함박스테이크, 하다못해 동그랑땡도 엄청 좋아해요." 민균의 아내가 말했다. 구름은 이제 고래 모양으로 바뀌었다. 나는 구름 사진을 찍은 뒤 '오늘의 예쁜 구름'이라는 폴더에 넣었다. 이제 민균은 동그랑땡을 볼 때마다 아내의 장례식을 떠올리게 될까? 동그랑땡, 그것 때문에 나는 장례식장에 갔다.

2

　장례식장에서 중학교 동창들을 만났다. 몇몇은 기억이 났고, 몇몇은 이름을 듣자 서서히 기억이 났고, 몇몇은 이름을 들어도 전혀 기억이 나지 않았지만 기억난 척했다. 그랬는데 모두들 내 이름을 기억하고 있었다. 내가 여름방학 때 인사도 없이 전학을 간 것도, 달리기를 잘해서 체육대회 계주의 마지막 주자를 했던 것도 잊지 않고 있었다. 대학병원의 간호사였던 민균의 아내는 나이트 근무를 마치고 집으로 돌아오는 길에 교통사고가 났다. "경찰이 조사를 했는데 졸음운전으로 결론이 났나봐." 지금은 수학 강사가 된 반장이 말했다. 그 말에 모두들 잠시 조용해졌다. 맞은편에 앉은 동창이 내 잔에 맥주를 따라주었다. 부모님이 김밥가게를 차렸다며 학기 초에 모두에게 김밥을 선물했던 녀석 같은데 기억이 확실하진 않았다. "참, 형주라고 기억나지? 그 녀석 작년에 죽었어. 후진을 잘못해서 차가 바다에 빠졌대. 나도 나중에 들었어." 옆 테이블에 앉은 동창이 말했다. 형주라는 이름을 듣자 긴장할 때마다 엄지손가락을 입술에 대고 입바람을 불던 모습이 떠올랐다. 그러면 온기가 손가락을 타고 온몸으로 퍼지는 기분이 든다고. 학교 운동장을 나란히 걸으면서 형주는 내게 그런 말을 했다. 담임 선생님이 암에 걸려 돌아가셨다는 이야기도 나왔다. 몇몇은 장례식장에 다녀왔다고 했다. "참, 얼마 전에 유튜브에서 팔십이 된 할아버지가 스키를 타는 영상을 봤는데 글쎄 그분이 우리 교장이더라." 태권도 사범이 된 동창이 교장 선생님의 이야기를 꺼냈다. 교장 선생님은 은퇴를 한 뒤에 매일 같은 식당에 가서 점심을 먹었다. 열두시에는 손님이 많아서 한시쯤 갔는데 그 시간에 가면 매번 같은 남자를 만났다. 지팡이를 짚고 다니는 남자였다. 남자는 늘 소주를 한병 시켜서 반병만 마셨다. 단체 손님이 있어서 빈 테이블이 하나밖에 나지 않았던 어느 날 둘은 합석을 하게 되었다. 그날 교장 선생님은 남자와 같이 반주를 했다. 술을 한잔 마시자 남자는 교장 선생님에게 다리를 절게 된 사연을 들려주었다. 남자에게는 어릴 때부터 단짝으로 지낸 고향 친구가 있었다. 친구는 삶이 순탄치 않았고 그래서 술에 의존하다 이른 나이에 알코올성 치매에 걸렸다. 상태가 나빠지자 친구는 남자에게 전화를 걸어 욕을 하기 시작했다. 자기가 다리를 다친 건 모두 남자의 탓이라고. 그리고 없는 이야기를 지어냈다. 어렸을 때 미끄럼틀 위에서 남자가 자기를 밀었다고. 그때부터 다리를 절게 된 거라고. 남자는 친구에게 이십대에 공사 현장에서 일을 하다 추락 사고가 나서 그런 거라는 말을 하고 또 했다. 보험 처리가 제대로 되지 않아 자신이 병원비를 내준 사실을 친구가 잊었다는 게 화가 났다. 기억을 잃은 친구에게 병원비를 내줬다는 말을 거듭하는 자신에게도 화가 났다. 친구가 죽은 뒤 남자는 미끄럼틀 위에서 친구를 떠미는 꿈을 반복해서 꾸었다. 자꾸 꿈을 꾸다보니 그게 사실처럼 느껴졌다. 그렇게 몇달 동안 같은 꿈을 꾸고 난 뒤 남자는 다리를 절게 되었다. 말도 안 되는 이야기죠? 그렇게 묻고는 남자가 껄껄껄 웃었다. 그 웃음소리를 듣다가 교장 선생님은 남자가 미쳤을지도 모른다는 생각을 했다. 하지만 티는 내지 않았다. 밥값은 각자 내고 남자가 술값을 냈다. 다음에 합석하게 되면 제가 술값을 내지요. 교장 선생님이 말했다. 하지만 왠지 그 남자를 다시 만나는 게 내키지 않아서 교장 선생님은 다른 식당으로 점심을 먹으러 다녔다. 그렇게 한 달이 지난 후 다시 찾아간 식당에서 남자가 죽었다는 소식을 들었다. 아이고, 내가 소주 반병을 빚졌네요. 교장 선생님은 식당 주인에게 말했다. "그러고 그날 집에 돌아가는데 갑자기 한쪽 다리가 아프기 시작하더래." 동창이 거기까지 말을 하고는 맥주를 한모금 마셨다. 그러고 다시 이야기를 이어갔다. 교장 선생님은 그후로 십년도 넘게 다리 통증에 시달렸다. 유명하다는 병원을 다 찾아다녀도 소용이 없었고 우울증에도 걸렸다. 찾아오는 제자가 한명도 없다는 생각을 하니 인생이 허무해졌고, 걸핏하면 직장을 때려치우는 외아들만 보면 화가 치밀었다. 차라리 다리가 부러지는 게 낫겠다, 부러지면 핑계라도 댈 수 있으니까, 교장 선생님은 생각했다. "그래서 칠십이 넘은 나이에 스키를 시작했대. 다리가 부러질 마음으로 탔는데 다리는 안 부러지고 자꾸 젊어지기만 한대." 맨 끝에 앉아 있던 동창이 뭔가 으스스하네, 하고 중얼거렸다. 이름을 말해줄 때 제대로 듣지 못했는데 얼굴만 봐서는 누구인지 기억나지 않았다. 그 옆에 앉아 있던 동창이 그 말을 따라 했다. "으스스해." 교장 선생님의 이야기를 꺼낸 태권도 사범이 고개를 저었다. "나도 처음에는 좀 기괴한 이야기다 싶었지. 그랬는데 생각할수록 징그럽더라." 나는 징그럽다는 말이 잘 이해가 가지 않았다. 학교 다닐 때 개그맨 흉내를 잘 내던 동창이 혼잣말처럼 중얼거렸다. "지긋지긋 징글징글." 그 말 끝에 다들 술잔을 들었다.

육개장과 맥주를 먹었더니 배가 아파왔다. 화장실에 갔다가 한참 후에 돌아와보니 모두 떠나고 으스스하다고 중얼거리던 동창만 남아 있었다. "다들 갔어?" 내가 묻자 동창이 고개를 끄떡이며 말했다. "응. 내일 출근해야 한다고." 동창이 자기는 편의점을 운영하는데 내일은 아르바이트 학생이 있어서 늦게 출근해도 된다고 말했다. 나는 페인트 일을 하는데 내일 일을 쉰다고 대답했다. 그러다 아파트에 페인트칠을 하러 갔다가 민균을 다시 만난 이야기를 하게 됐다. 오래간만에 같이 난자완스를 먹었다는 이야기를 듣더니 동창이 말했다. "나는 그후로 몇번이나 더 중국 음식을 얻어먹었지. 그때 그 중국집 손자랑 지금도 만나. 걘 할아버지의 중국집을 물려받았어." 그제야 나는 그 녀석이 누구인지 생각났다. 교통사고를 당해서 병원에 입원했던 녀석이었다. "너구나. 박정원." 나는 못 알아봐서 미안하다고 했다. 내 말에 정원이 자기 배를 가리키며 웃었다. "내가 살이 엄청 쪘잖아. 다른 애들도 다 못 알아봤어." 정원은 다이어트를 해서 20킬로그램을 감량했다가 작년에 요요가 와서 다시 30킬로그램이 쪘다고 했다. 그러면서 요요가 온 이야기를 해주었다. "내가 살을 빼려고 아파트 계단으로 걸어다녀. 우리 집이 십팔층이거든. 그런데 작년 가을부터 십일층에만 도착하면 청국장 냄새가 나는 거야. 난 청국장찌개가 정말 싫거든. 그래서 십층부터 십이층까지 숨을 멈추고 막 뛰었지. 뛰면서 속으로 욕도 했어. 어떻게 하루도 안 쉬고 청국장찌개를 먹냐고." 그러던 어느 날 정원은 엘리베이터에서 십일층에 사는 가족을 만났다. 아버지와 아들이 심슨 티셔츠를 입고 있었다. 아버지의 티셔츠에는 '난 다이어트를 할 거야'라는 문구가 새겨져 있었고 아들의 티셔츠에는 '대부분의 너는 멋져'라는 문구가 새겨져 있었다. 티셔츠를 보자 정원은 자신도 모르게 웃음을 터뜨렸다. "내가 웃었더니 십일층 아버지가 이렇게 말하더라고. 오늘이 자기 아들 생일인데 소원이 이 티셔츠를 입고 '인생네컷'을 찍는 거라고. 그리고 아들 몰래 내게 귓속말로 속삭였어. 사실은 무지 쪽팔린다고." 그 가족을 만나고 난 뒤 정원은 이상하게도 청국장 냄새가 괜찮아졌다. 어떤 날은 십일층 계단에 서서 한참 동안 냄새를 맡기도 했다. 냄새만 맡았는데 배 속이 따뜻해지는 기분이 들었다. "그러다 문득 이런 생각이 들더라. 혹시 내가 지금 외로운 건 아닌가 하는. 한번 외롭다는 생각이 드니깐 빠져나올 수가 없더라." 거기까지 말하고 정원은 술을 마셨다. 그리고 동그랑땡을 반으로 잘라 먹었다. 그리고 다시 술을 한모금 마셨다. "외롭다는 생각을 하니까 음식을 조금만 먹어도 살이 막 찌더라고. 그렇게 요요가 왔어."

나는 정원에게 페인트공이 된 이야기를 해주었다. 초등학교 4학년 때 아버지는 다니던 직장을 그만두고 쌀국수 가게를 차렸다. 장사는 잘되지 않았고 월세도 내지 못하게 되자 부부싸움이 잦아졌다. 어머니는 동남아도 가본 적 없는 사람이 쌀국수 가게를 차린 것부터가 잘못된 거라고 빈정댔다. 아버지는 어머니의 그런 말투에 늘 상처를 받았다며 화를 냈다. 나는 부모님이 이혼을 하면 캐나다에 사는 큰이모한테 가겠다는 다짐을 했다. 공항에서 떠나는 나를 붙잡고 부모님이 우는 장면을 상상하면 복수하는 기분이 들었다. 그러던 어느 날, 하굣길에 누군가 버린 캔을 밟고 넘어졌다. 나는 캔을 멀리 찼다. 다음 날 또 하굣길에 캔을 밟고 넘어졌다. 전날과 똑같은 음료 캔이었다. 포도봉봉. 그리고 다음 날 또 똑같은 캔을 밟고 넘어졌다. "그게 말이 되냐? 세번이나 똑같은 캔을 밟고 넘어진다는 게. 그때 이런 생각이 들었어. 어쩌면 넘어져 어딘가 다치고 싶었던 게 아닐까 하는." 세번째로 넘어진 날이었다. 학교에서 돌아와 집에 혼자 있는데 누군가 창문을 두드렸다. 외줄에 매달린 아저씨가 창문을 닫으라고 손짓을 했다. 내가 문을 닫자 아저씨가 손으로 오케이 사인을 보냈다. 나는 아파트 밖으로 나가 페인트칠을 하는 아저씨를 구경했다. 고개를 한껏 젖히고. 아저씨가 지상으로 내려오자 나도 모르게 박수가 나왔다. 그러자 아저씨가 웃으며 말했다. 너구나, 하고. 나는 아저씨에게 한번만 줄을 타게 해주면 안 되느냐고 물었다. 아저씨는 당연히 안 된다고 했다. 아저씨처럼 용감한 사람이 되고 싶다고 했더니 아저씨가 웃으면서 말했다. 사실 자기는 엄청난 겁쟁이라고. 바이킹도 못 탄다고. "그러면서 나한테 비밀을 하나 말해줬어. 아파트 외벽에 아들 이름을 써놓았다고. 아무도 못 알아차리게 아주 조그맣게. 그 말을 듣는데 나도 모르게 울고 말았어." 내가 울자 아저씨가 내 이름을 물었다. 아저씨는 아파트 어딘가에 내 이름도 써주겠다고 약속했다. 나는 가게로 달려가 포도봉봉을 사 왔다. 미리 감사드려요. 나는 포도봉봉을 아저씨에게 주면서 말했다. "그리고 그 일을 까맣게 잊고 있었지. 그랬는데 이년 전에 방송에서 그 아저씨를 본 거야." 직업을 소개하는 프로그램에 아파트 외벽 페인트칠의 달인이 나왔다. 처음에는 알아보지 못했다. 사회자가 인상적인 에피소드를 말해달라고 하자 달인이 머뭇거리며 말했다. 페인트칠을 구경하던 아이가 포도봉봉을 사주면서 자기 이름을 벽에 써달라는 부탁을 한 적이 있다고. 벽에 자기 이름이 있으면 용기가 생길 것 같다고 말했다는 거였다. "그러면서 이런 이야기를 하더라. 그날이 자기 아들이 죽은 지 일년이 되는 날이었다고. 그래서 그랬는지 내 소원을 들어주고 싶었대." 용기 있는 어른이 되었는지 궁금하네요, 하고 달인은 말했다. 방송을 본 후 나는 프로그램 홈페이지에 들어가 게시판에 글을 남겼다. "그렇게 해서 연락이 닿았어. 그분이 지금 우리 사장님이야." 정원이 내 이야기를 듣더니 미소를 지었다. "멋진 이야기네."

3

정원이 막차를 탄다고 해서 버스 정류장까지 같이 걸었다. 나는 정원에게 외롭다는 생각이 들면 엄지손가락을 입술에 대고 바람을 불어보라고 말했다. 그러면 숨이 손가락을 타고 온몸으로 퍼지는 기분이 든다고. 내 말을 들은 정원이 걸음을 멈추고 서서 엄지손가락에 입바람을 불었다. 나도 정원의 옆에 서서 엄지손가락에 바람을 불어보았다. "괜찮은데." 정원이 말했다. "응, 괜찮지." 내가 대답했다. 정원이 버스를 타는 것을 보고 나는 택시를 잡아탔다. 목적지를 말하자 택시 기사가 내가 사는 동네에 자기 딸이 산다는 말을 했다. 그러면서 동네 입구에 있는 삼거리 우동집을 아느냐고 물었다. 내가 모른다고 했더니자기 딸이 임신을 했을 때 이틀에 한번씩 그 집 우동을 먹었다고 말했다. 하도 우동을 먹어서 그런지 손주 녀석이길쭉길쭉하다고. "배구 선수 시켜야겠어요." 농담으로 말했는데 기사가 깜짝 놀라며 대답했다. "맞아요. 얼마 전에유소년 배구대회에서 상까지 받았어요." 나는 기사에게삼거리 우동집 앞에 내려달라고 했다. 아저씨가 우동 이야기를 하니 우동이 먹고 싶어졌다고. 그러자 기사가 이런 제안을 했다. 가는 길에 같이 가게에 들러 우동을 포장하자고. 내가 좋다고 하자 기사가 우동집에 전화를 걸었다. "일인분씩 각각 포장이요. 쑥갓 많이 넣어주세요." 집에 도착해 포장 용기를 열어보니 쑥갓이 면보다 더 많이들어 있었다. 국물을 한모금 마시자 소주 생각이 절로 났

다. 하지만 술을 마시지 않고 우동만 먹었다. 그리고 유산
균을 두알 먹었다. 다음 날 대중목욕탕에 가서 목욕을 한
후 내가 가장 좋아하는 호수 벤치를 찾아갔더니 페인트
칠이 새로 되어 있었다. 낙서가 없어졌지만 나는 아이고
차가워, 하고 혼잣말을 하며 앉았다. 산책로를 맨발로 걷
는 사람을 구경했다. 산책로를 거꾸로 걷는 사람도 구경
했다. 아주 느리게 걷는 노부부도 구경했다. 노부부의 발
걸음에 맞춰 숨을 쉬어보니 천천히 흘러가는 세상에 갇
힌 기분이 들었다. 지금 재생 속도는 0.25배야. 나는 그렇
게 생각했다. 예전에 다니던 회사의 부장님은 유튜브 영
상 속도를 1.5배로 설정하고 보았다. 주로 주식에 관한 영
상을 보았는데, 말이 빨라지면 한마디라도 놓치지 않기
위해 더 집중을 하게 된다고 했다. 스키를 탄다는 교장 선
생님의 이야기가 생각났다. 징그럽다는 게 무슨 말인지
알 것도 같았다. 저 멀리서 먹구름이 몰려왔다. 갑자기 등
이 시려왔다. 봄볕은 따뜻했고 나무마다 꽃망울이 맺혀
있었다. 문득 내가 지금 추운 게 아니라 외로운 게 아닐까
하는 생각이 들었다. 정원의 외로움이 내게로 옮겨올까봐
나는 얼른 엄지손가락을 입술에 대고 입바람을 불었다.
그러자 다시 세상이 보통의 속도로 재생되었다. 곧이어

보통의 속도

소나기가 쏟아졌다. 사람들이 뛰었다. 세상이 1.5배의 속도로 재생되었다.

집에 도착했더니 몸이 으슬으슬 떨렸다. 저녁으로 순대국밥을 주문하고 따뜻한 물로 샤워를 했다. 오른쪽 다리와 오른쪽 팔이 저려왔다. 몸살이 오려나보다, 생각했다. 몸살이 오기 전이면 나는 몸의 반쪽이 먼저 아파왔다. 어떤 날은 왼쪽, 어떤 날은 오른쪽. 왼쪽이 아픈 날에 더 심한 몸살을 앓았다. 내일 일기예보를 봤더니 비 올 확률이 60퍼센트였다. 자는데 새벽에 사장님에게서 메시지가 왔다. 비가 오니 오늘 하루 일을 쉬자는 연락이었다. 나는 보리차를 끓여 후후 불어가며 마셨다. 목 안쪽이 따끔했다. 물을 마신 다음 화장실에 가서 이를 닦았다. 어제 먹다 남긴 순대국밥을 마저 먹고 쌍화탕을 한병 마셨다. 그러고 다시 잠을 잤다. 일어나보니 오후 세시가 지나 있었다. 유튜브에서 몸살에 좋은 음식을 검색했다. 뭇국 끓이는 영상이 나왔다. 초등학생 때 우리 반에는 매번 뭇국 맞춤법을 틀리는 아이가 있었다. 선생님이 왜 자꾸 틀리냐고 묻자 뭇국이라고 하면 맛이 없게 느껴져서 일부러 틀리는 거라고 대답했다. 뭇국은 무국이고 감잣국은 감자국이라고. 그래야 맛있게 느껴진다고. 그 말을 들은 뒤부터 나는 맞춤법이 틀린 메뉴판이 붙어 있는 집이 좋았다. 그래야 진짜 맛집으로 느껴졌다. 자동 재생이 되도록 두었더니 복국을 먹는 영상으로 넘어갔다. 다음으로 동태찌개를 먹는 걸 보았다. 그러다 동그랑땡을 먹는 영상이 나왔다. 동그랑땡이라니. 나는 볼륨을 키웠다. 그런데 내가 아는 동그랑땡이 아니었다. 돼지고기를 동그랗게 썰어 고추장양념을 한 걸 그렇게 부르는 모양이었다. 화면 속 남자는 상추쌈에 고기를 한점 올려놓으며 말했다. "한번에 한점씩." 그리고 화면을 향해 건배를 했다. "한번에 한잔씩." 건배를 하는 말투가 귀여워서 남자의 다른 영상도 찾아보았다. 대학생 시절에 자주 갔던 술집을 찾아가는 영상이었다. 남자는 동그랑땡과 두부조림과 김치술국을 주문했다. 저기서도 동그랑땡이라니. 이번에는 내가 아는 동그랑땡이 나왔다. 크고 두툼했다. "한번에 한점씩. 한번에 한잔씩." 남자는 동그랑땡을 한점 먹고 술을 한잔 마셨다. "한번에 한점씩. 한번에 한잔씩." 이번에는 두부조림을 한점 먹고 술을 한잔 마셨다. 나는 남자가 먹는 모습을 보면서 한점으로 끝나는 말을 생각해보았다. 안주 한점. 바람 한점. 구름 한점. 영상 마지막에 남자는 벽에 그려진 낙서를 보여주었다. 노란색 벽에 사람들의 낙서가 가득했다. 남자는 '민혁아, 군대 잘 갔다 와라!'라고 쓰인 낙서 앞에서 카메라를 멈추었다. "입대 전날 여기서 술을 마셨어요." 남자가 자기 이름을 손가락으로 가리키며 말했다. 그 순간 나는 정지 버튼을 눌렀다. 그 문구 아래에 적힌 낙서가 눈에 익었다. 화면을 확대해보았다. '무영아, 네가 술값 내라.' 나는 영상을 다시 앞으로 돌려 처음부터 다시 보았다. 미닫이문을 열면 바로 보이는 주방과 이층으로 올라가는 나무 계단을 보니 그 집이 맞았다. 낙서를 했던 것은 기억이 났지만 그날 술값을 누가 냈는지는 떠오르지 않았다. 창문을 열고 손을 내밀어보았다. 비가 그친 모양이었다. 배가 고파 집 앞에 있는 부대찌개집에 갔다. 가게 이름이 자매부대찌개인데 된장찌개와 동태찌개가 더 맛있는 집이었다. 된장찌개에 달걀찜을 추가했다. 달걀찜은 메뉴에 없지만 해달라고 하면 천원을 더 받고 해주었다. 저녁을 먹고 약국까지 걸어갔다. 가는 길에 초등학교가 있어서 교문 위를 올려다봤더니 전국 유소년 배구대회에서 준우승을 했다는 플래카드가 걸려 있었다. 손도 발도 길쭉하다는 택시 기사의 손자가 생각나 학교 안에 들어가보았다. 강당으로 보이는 곳에 갔더니 안에서 운동하

는 소리가 들렸다. 그 소리를 한참 들었다. 다음 경기도 잘
해라, 하고 중얼거렸다. 약국에서 쌍화탕 한 박스를 샀다.
집에 돌아와 쌍화탕을 한병 마시고 유산균 한알을 먹고
스포츠 경기를 보다 잠이 들었다. 무영과 서로 술값을 내
겠다고 싸우는 꿈을 꾸었다.

4

무영은 고등학교 1학년 때 같은 반에서 만났다. "박무
영." 학기 초에 담임 선생님이 출석을 부를 때 나와 무영
이 동시에 대답했다. "이름이 같네. 니들 같은 작명소에
서 지었냐?" 담임이 농담을 했다. 그랬더니 무영이 발끈
하며 대답했다. 자기는 아주 유명한 작명소에서 백만원이
나 주고 지은 이름이라고. 무영의 말에 나도 발끈하며 대
꾸했다. "저도 그래요. 할아버지가 쌀 세가마니 돈을 주고
지은 이름이에요." 어느 대기업 회장이 자식들 이름을 모
두 그곳에서 지었다는 인터뷰를 한 뒤에 유명해진 작명소
였다. 백운봉작명소. 내 이야기를 듣더니 무영이 소리를
질렀다. "어, 나도 거기서 지었는데!" 무영의 할아버지는

한여름에 모기에 물려가며 줄을 섰다는 이야기를 돌아가시기 전까지 하고 또 했다. 담임 선생님이 우리를 앞으로 부르더니 칠판에 한자로 이름을 써보라고 했다. 나는 무사 무에 영위할 영, 무영은 무성할 무에 영위할 영. "둘이 악수 한번 해라. 어쩌면 너네 할아버지들이 나란히 줄을 섰을 수도 있잖아. 태어난 손자들 이야기를 했을 수도 있고." 담임 선생님이 말했다. 우리는 악수를 했다. 무영이 손에 힘을 주어서 나도 힘을 주었다. 고등학교를 졸업할 때까지 선생님들은 우리를 이렇게 불렀다. 무사무영. 무성할무영. 같은 작명소에서 이름을 지었다고 바로 친해진 것은 아니었다. 식중독에 걸려 같은 병원에 입원한 일을 계기로 단짝 친구가 되었다. 학교 앞 분식집에서 냉면을 사 먹었는데 그게 탈이 났다. 그날 반 친구들 몇몇이 같이 먹었는데 식중독에 걸린 사람은 우리 둘뿐이었다. "초등학생 때 찰흙으로 공룡을 만드는 과제가 있었어. 그런데 선생님한테 제출하려는 순간 목이 댕강 부러져. 달리기를 하다가 체육복 허리끈이 끊어져서 바지가 흘러내리고, 모기를 잡으려다 유리창을 깨서 손바닥을 다치고. 나는 그런 일이 허다해." 무영이 말했다. 자기 옆에 붙어 있으면 나한테 그런 일이 일어날지도 모른다고, 그러니 미리 사과를 한다고. 그래서 나도 무영에게 내 이야기를 해주었다. "나는 뭘 사려고 줄을 서면 꼭 내 앞에서 다 팔려. 버스를 타도 그래. 내 앞사람이 마지막 자리에 앉는 거야." 내 말에 무영이 귀엽네,라고 말했다. 귀엽다는 말에 내가 화를 내니 무영이 그런 뜻이 아니라고 말했다. "우리 엄마가 말했어. 불운에는 귀여운 불운도 있다고." 무영은 안 좋은 일이 생길 때마다 백살이 넘는 할아버지가 되어 「세상에 이런 일이」라는 프로그램에 출연하는 상상을 한다고 했다. 손주와 증손주를 병풍처럼 세우고 자신이 살면서 겪은 귀여운 불운 백가지를 들려주는 장면을 상상하면 기분이 나아진다고. 나는 무영에게 그때까지 살아 있다면 같이 출연을 해주겠다고 말했다. 수능 날 버스가 고장 나서 무영이 시험을 치르지 못할 뻔한 사연은 뉴스에 나오기도 했다. 경찰 오토바이를 타고 시험장까지 가긴 했지만 무영은 시험을 망쳤다. "차라리 시험을 치르지 못했다면 버스 핑계라도 댔을 텐데." 무영은 말했다. 그다음 해 수능 날에는 맹장 수술을 했다. 화장실 문이 고장 나서 이틀이나 갇혀 있던 적도 있었다. 그때 무영은 삼수 끝에 대학에 합격해서 혼자 자취를 하고 있었다. 방음이 안 되어 옆집 방귀 소리까지 들리는 집이었는데 하필이면 옆집 사람이

지방 출장을 가고 없었다. 그래서 구출되는 데 이틀이나 걸렸다. 소방관들이 떠나고 문고리가 부서진 화장실 문을 한참 동안 보다가 무영은 내게 전화를 걸었다. "우리 거기 가자. 그 망할 놈의 작명소. 환불이라도 받아야 속이 시원하겠어." 작명소를 찾아갔는데 문이 닫혀 있었다. 무영이 문을 흔들자 옆집 미용실에서 아주머니가 나왔다. 손에 가위를 들고 있었다. "거기 문 닫았어." 아주머니가 말했다. 그러면서 묻지도 않은 이야기를 해주었다. 백운봉은 십년 전에 심장마비로 죽었다고. 자식들이 아버지의 이름을 팔았는데 그 조건으로 백운봉의 사망을 비밀로 하기로 했다고. 미용실 안에서 누군가 머리 자르다 말고 뭐 하는 거야, 하고 소리쳤다. "암튼, 몇억을 주고 이 작명소를 샀는데 백운봉이 죽었다는 소문이 금방 퍼졌지. 그래도 십년 가까이 버티다 작년에 관뒀어." 그날 우리는 골목길을 돌아다니다 술집에 들어갔다. 오돌뼈를 먹었고, 김치전을 먹었고, 달걀말이를 먹었다. 술집 벽에 낙서를 하다 무영이 백운봉작명소의 현판을 훔치자고 했다. 훔친 현판을 무영의 자취집 화장실 문에 붙여두었다. 그 뒤로 우리는 화장실에 갈 때마다 작명소에 간다는 농담을 했다. 무영은 스물다섯살에 죽었다. 장례식을 마친 뒤 무영의 짐을 정리하던 여동생이 내게 전화를 건 적이 있었다. 이상한 나무 현판이 하나 있다며. 나는 버리라고 말했다.

 사흘 만에 일을 나갔더니 아파트 단지 안 벚꽃들이 꽃을 피웠다. 109동과 110동 도색 작업을 했다. 거실에서 놀던 아이들이 나를 보고 손을 흔들어서 나도 손을 흔들어주었다. 다음 날은 날이 따뜻했다. 반소매 티셔츠를 입고 작업해도 될 정도였다. 111동은 초등학교 운동장이 보이는 동이어서 일을 하다 말고 종종 운동장에서 노는 아이들을 구경했다. 민균이 장례식에 와줘서 고맙다는 메시지를 보냈다. 무슨 말을 해야 할지 몰라 답을 하지 않았다. 다음 날 사장님이 날이 좋으니 맛있는 점심을 먹자고 했다. 삼겹살을 먹으러 갔다. 밥을 먹는데 옆 테이블에 앉아서 김치찌개를 먹던 사람들이 속삭이듯 말했다. "우리 아파트도 환하게 새로 칠했으면 좋겠어." 식사를 마치고 카운터에 있는 박하사탕을 먹었다. 입안이 환해졌다. 작업 중인 아파트로 돌아와 삼십분 정도 낮잠을 잤다. 112동을 작업하는데 어떤 아이가 거실 문을 열고 고개를 내밀었다. 내가 위험하니 문을 닫고 들어가라는 손짓을 보냈다. 한참 후 일을 하다 잠깐 아래를 내려다봤더니 어떤 아이가 망원경을 들고 나를 보고 있었다. 아까 그 아이인 것 같았다. 작업을 마치고 지상으로 내려오자 아이가 내게 다가왔다. "너구나. 망원경 멋지네." 내가 말했다. "며칠 전에 생일 선물로 받은 거예요." 아이가 입술을 내밀며 말했다. "그걸로 보면 아저씨가 어떻게 보여?" 내가 물었다. "크게 보이죠." 아이가 말했다. 아이의 단순한 대답이 좋아서 나는 웃었다. "맞다. 당연히 크게 보이지. 아저씨 질문이 어리석었네." 아이가 다시 망원경을 썼다. "지금은 코만 보이고요." 아이가 망원경을 쓴 채로 고개를 움직였다. "그리고 또 용감해 보여요." 아이가 말했다. 나는 용감한 사람이 아니라고 말했다. 무서워서 바이킹도 못 탄다고. 바이킹 타는 걸 아주 좋아하던 여자친구가 있었는데 한번도 같이 타본 적이 없었다고. 헤어지고 나서 그걸 가장 후회했다고. 내 말을 듣더니 아이가 자기도 바이킹은 못 탄다고 했다. 나는 아이에게 무서운 생각이 들 때마다 할아버지가 되는 상상을 한다고 말해주었다. "너도 눈을 감고 상상해봐. 배가 나오고 머리가 하얗게 센 귀여운 할아버지를." 아이가 눈을 감았다. 속눈썹이 떨리는 게 보였다. 한참 후에 눈을 뜬 아이가 고개를 저었다. "할아버지는 상상이 안 돼요. 어떻게 해요? 자꾸 할머니만 떠올라요. 난 남자인데요." 아이가 울었다. 나는 아이에게 이름을 물었다. 그리고 내일 113동을 작업할 예정인데 벽에 이름을 써주겠다고 약속했다. "숫자 3 아래에 네 이름이 있을 거야. 망원경으로는 안 보일 테지만." 다음 날 나는 113동 벽에 연필로 아이의 이름을 썼다. 그리고 휴대전화를 꺼내 사진을 찍었다. 그 위에 페인트칠을 했더니 이름이 금방 사라졌다. 114동을 작업할 때는 정원의 이름을 썼다. 사진을 보내주었더니 고맙다는 답장이 왔다. 115동을 작업할 때는 민균의 이름을 썼다. 술 한잔하자는 답장이 왔다. 118동을 작업할 때는 무영의 이름을 썼다. 8월 11일은 무영의 생일이었다. 사진은 찍지 않았다. 고개를 들어 하늘을 보았다. 오늘 구름은 무얼 닮았을까? 가만히 보니 알라딘의 요술 램프 같았다. 나는 오른손을 뻗어 요술 램프를 문지르는 시늉을 했다. 그러자 거짓말처럼 램프에서 연기가 나왔다. 벚꽃이 만개를 했다. 점심을 먹고 아이스 아메리카노를 사러 가다가 횡단보도 앞에 서 있는 아이들을 보았다. 태권도복을 입은 아이들이었다. 바람이 불었고 벚꽃이 흩날렸다. "우와, 멋지다." 한 아이가 말했다. "우와, 정말 멋지네." 다른 아이가 대답했다. 신호등이 초록불로 바뀌었다. 갑자기 한 아이가 뛰기 시작했다. 아이는 횡단보도의 흰색 부분과 검은색 부분을 번갈아 밟아가며 외쳤다. "흰. 검. 흰. 검." 다른 아이가 뒤따라가면서 친구의 말을 따라 했다. "흰. 검. 흰. 검." 나는 휴대전화를 꺼내 그 아이들의 뒷모습을 찍었다.

 여기 실린 단편들은 느리게 걷고, 느리게 보고, 느리게 생각하는 사람들에 대한 이야기입니다.

 소설이 벽에 막혔다는 기분이 들 때가 있습니다. 처음 그 기분을 느꼈을 때 나는 이런 생각을 했습니다. 앞으로 쓰는 소설마다 웃는 장면을 넣어야겠다고. 소설의 내용과 무관하게 무조건 웃는 장면을 하나씩. 기뻐서 웃고, 슬퍼서 웃고, 어이없어서 웃고, 황당해서 웃고, 귀여워서 웃고. 웃는 장면을 상상하고 나니 인물들이 조금은 더 사랑스러워졌고 소설 쓰는 일에도 힘을 낼 수가 있었습니다. 그렇게 몇년을 쓰다보니 웃는 장면 약발이 조금 떨어졌습니다. 다시 막막해진 거지요. 그래서 이번에는 이런 생각을 했습니다. 이제부터 소설마다 '괜찮다'라고 말해주는 친구를 한명씩 등장시켜주자고. 괜찮다. 괜찮다. 그렇게 말해주니 소설 쓰기에 자신감이 사라지는 날이 와도 진짜 괜찮을 것 같은 마음이 들었습니다. 이번 소설집에 실린 단편들을 쓸 때는 인물들에게 작은 파티를 해주고 싶었습니다. 그래서 자주 생일이 나옵니다. 진짜 생일도 있고 가짜 생일도 있습니다. 내 생일도 있고 친구의 생일도 있고 모르는 사람들의 생일도 있습니다. 오늘만은 부디 행복하길. 소설을 쓰다보면 나도 모르게 소원을 빌게 됩니다.

느리게 걷고, 느리게 보고, 느리게 생각하는 사람들의 행복한 하루.
그 하루를 그리기 위해 나는 느리게 걷고 느리게 보고 느리게 생각하려고 했습니다.
풍경은 저기에 있습니다. 나는 '저기 있는 풍경'이 인물의 '여기 있는 마음'과 합쳐지는 순간을 느리게 기다렸습니다. 느리게 기다리다보니 느리게 쓸 수밖에 없었습니다. 예전에 느껴보지 못한 경험이었습니다. 이 속도가 나

를 어떻게 바꿀지 조금 궁금해집니다. 또, 이 속도가 독자
들의 마음에 어떻게 도착할지도 몹시 궁금합니다.

2025년 봄

윤성희 드림

| 수록작품 발표지면 |

마법사들 ……『캐스팅』(돌베개 2022)

타임캡슐 ……『굿닛 5호 : 빛』(이음 2023)

느리게 가는 마음 ……『희망의 질감』(문학동네 2022)

자장가 ……『음악소설집 音樂小說集』(프란츠 2024)

웃는 돌 ……『릿터』 2023년 2/3월호

해피 버스데이 …… 문장 웹진 2021년 10월호

여름엔 참외 ……『창작과비평』 2024년 가을호

보통의 속도 ……『문학동네』 2024년 봄호